MARCELO ARIEL

NASCER É UM INCÊNDIO AO CONTRÁRIO

KOTTER
EDITORIAL

Coordenação editorial: Sálvio Nienkötter
Editor-executivo: Raul K. Souza
Editora-adjunta: Isadora M. Castro Custódio
Editor-assistente: Daniel Osiecki
Capa: Jussara Salazar
Projeto gráfico: Carlos Garcia Fernandes
Produção: Cristiane Nienkötter
Preparação de originais e revisão: o Autor

Dados Internacionais de Catalogação na Publicação (CIP)
Angelica Ilacqua CRB-8/7057

Ariel, Marcelo
Nascer é um incêndio ao contrário / Marcelo Ariel. -- Curitiba : Kotter Editorial, 2020.
296 p.

ISBN 978-65-80103-93-5

1. Crônicas brasileiras I. Título

CDD B869.8

20-1324

KOTTER EDITORIAL

Kotter Editorial Ltda.
Rua das Cerejeiras, 194
CEP: 82700-510 - Curitiba - PR
Tel. + 55(41) 3585-5161
www. kotter. com. br | contato@kotter. com. br

Feito o depósito legal
1ª Edição
2020

MARCELO ARIEL

NASCER É UM INCÊNDIO AO CONTRÁRIO

"Hoje o que mais sinto falta é do odor de certas flores. O lirismo tão cantado em minha obra sempre foi a desgraça da minha existência. A maioria não se dá conta de que a sensibilidade que obriga a tratar o mundo com tais odores é a mesma que condena a perceber o tempo como um carrasco clemente, que vacila no momento de baixar o machado, prolongando a agonia. Morrer sem saber porque se morre, como se morre, o que realmente morre, esse é o combustível do artista e de qualquer homem. Posso dizer que escrever sobre si mesmo é contornar a vida com um traço tão fino que desaparece ao olhar atento do tempo e deste modo letra e sangue fluem como um rio único"

Yasunari Kawabata

“Mesmo o impreciso tem de ser muito
preciso em relação aos fenômenos que
tornariam uma coisa imprecisa”

Koellreutter

"Como eu ainda não nasci,
me console"

Louis MacNeice

Sumário

17 NASCER É UM INCÊNDIO AO CONTRÁRIO (GERMINAÇÕES)

19 Todo dia é domingo
20 Não há tempo algum em lugar nenhum
22 A morte não existe
23 Como uma corda afundando no oceano
25 O sonho é nossa morada inicial
26 Ver é a utopia imediata
27 A identidade se move porque não existe
28 Prefiro o tempo dos insetos ao das estrelas
29 Ninguém ou a condição do aracnídeo
30 Ao coração dentro da concha
32 A árvore solar
33 Pastores do indizível
34 O Apocalipse é como um sonho ao contrário
35 Cioran comentado
37 Talvez, uma esfinge
38 A poesia é a mãe da psicanálise
40 Sobre o amor como uma canção que acende um fósforo na água
42 Ele foi assassinado antes
43 Para Ali Smith no Hotel Mundo
44 Sobre uma foto escolar onde estão juntos Hitler e Wittgenstein
45 A reverência e o vidro quebrado
46 Woody Allen deveria ter filmado isso
47 Ondina
49 Morrer não é sonhar
50 Para Alexander Sokurov
52 Cara Miranda July

53 Manifesto por uma ética mística
56 Manifesto contra o nazismo psíquico
60 Lâmpada no gelo
61 O lado de fora como um filme
62 Mélies no Sol
64 Diálogo necessário
65 Anotação de Gláuber Rocha sobre uma possível filmagem de A MACÃ NO ESCURO
68 "Em literatura a sinceridade não leva a parte alguma..."
69 Carta para Dea Loher pensando no Coletivo 302
71 Depois da queda
72 Sonhei que assistia um diálogo entre Godard e Pedro Costa.
73 O mito da compreensibilidade
76 Diálogos Necessários
77 Dois sonhos com Rimbaud
79 Ela é o Sol do Sol
80 Cena na Avenida Paulista depois da hiperinclusão suavemente inspirada em Mário Ferreira dos Santos
82 Roteiro para um impossível curta-metragem
83 ELES ERAM...
87 Aqui se dá a recuperação da graça através do ocultamento
88 A situação em rede
89 O silêncio é como a água
90 Gus Van Sant caminha por uma rua da Palestina após haver filmado RIMBAUD NA ABISSÍNIA
91 Carta para Rilke pensando em Rimbaud, seguida de uma misteriosa resposta.
93 Uma antiforça ligando dois textos desse livro
94 A linguagem foi criada para fixar a vida,
95 Sobre a Morte

96 O amor em oposição à impossibilidade do diálogo
97 10 aforismos para Franco Bifo Berardi
99 De uma carta de amor
100 A névoa dentro da nuvem
102 Depoimento-poema de Yasunari Kawabatta
105 O Não em oposição ao jamais
106 O estranhamento do poema
107 DESPOSSESSÃO E ATRAVESSAMENTO
109 O cinema
111 Comentário a respeito de uma recém-encontrada foto de Rimbaud
113 Num domingo infinito
115 Blue /Bliss
116 A esperança
117 Sim. A luz é uma flor do indizível
118 Ao dobrar a esquina
119 Silêncio em escalas
120 O espírito dos butoístas
121 Redes internas
124 PARTE DESSE SILÊNCIO
126 Sobre o feminino infinito
128 Philip Dick
130 Isto não é um poema
132 Plano sequência Blanchot:
133 Socialismos da imagem
136 NOSSA MÚSICA
138 Equação oceânica
139 NICHI NICHI KORE KO NICHI: TODO DIA É UM LINDO DIA
151 Godard e Menipo
153 EcoPhilia
155 Primeira conversação interior ou A Cabala Laica do Profeta da Imanência, conversações ontooníricas com Febrônio Índio do Brasil em forma de monólogo

157 Ser o acto
158 Dos Diários de Jean Luc Godard durante as filmagens de 'Os Diálogos' de Platão na África
161 Amor e esvaziamento
162 Para Kurt Cobain e Jupiter Maçã
164 O Halo
165 No lugar de um poema
167 Literatura e etc...
170 Será melhor do que o Paraíso ou Isto não é um Salmo
172 Camus cover
175 Polén, relógio, mapa
176 Meditações após a contemplação do nó da madeira

179 NHEENGARISSÁUA RETAMAUÁRA (CAOSMOSES)

185 A Love Supreme
188 A Love Supreme
190 A Love Supreme
192 A Love Supreme
201 A Love Supreme
205 Meditações sobre a morte e o amor
207 O Sagrado
209 A Love Supreme
211 A Love Supreme
216 A Love Supreme
217 A Love Supreme
220 A Love Supreme
222 A Love Supreme
224 Ai Wei Wei
226 A Love Supreme
229 A Love Supreme
232 A Love Supreme

234 A Love Supreme
237 A Love Supreme

245 ONTOLOGIA E NADIFICAÇÃO EM HILDA HILST

259 CONTRAMONÓLOGO

275 COMO A POESIA VENCE O FASCISMO
Parte 1

277 O fogo dentro do iceberg ou das possibilidades insurrecionais do poema

NASCER É UM INCÊNDIO AO CONTRÁRIO

(GERMINAÇÕES)

Todo dia é domingo

Estamos em uma encruzilhada de halos enevoados, sem nenhuma pendência para a demanda absurda por estases nostálgicos ou melancólicos. É necessário desenterrar as flores do entusiasmo e não confundir os estases com o êxtase do precisamente agora. Nos estases tudo o que fazemos é habitar os imensos campos informacionais, extremamente poluídos pelo positivismo das polícias morais e do senso comum. Se a luz prateada dos halos está se confundindo ATRAVÉS DAS NOTÍCIAS com a névoa, podemos pressentir em nós uma vaga e insistente disposição secreta para fazermos O IMPOSSÍVEL NECESSÁRIO VIVER e através desse emaranhado de potências da permanência, descobrir que jamais somos a névoa QUANDO NOS MOVEMOS NA DIREÇÃO DE UMA POÉTICA do 'lá fora'

Não há tempo algum em lugar nenhum

Após dias e noites contemplando o nó da madeira, um pedaço do corpo de uma árvore assassinada percebo que O POEMA É O QUE ESTAMOS RESPIRANDO e que o grau de osmose entre a MÁQUINA e NOSSO CORPO está chegando ao seu OPUS.

A máquina é capaz de alterações violentas no real através da simples propagação das palavras como fatos, os fatos já estão contaminados de um modo irreversível por grandes quantidades de ficção-sonho, É IMPOSSÍVEL discernir o que é ficção e o que é sonho depois que acordamos.

Um modo de nos movermos com graça e leveza é nos dirigirmos com todo nosso corpo na direção da Graça e da Leveza, sem nos desviarmos um milímetro do Horror-Terror. A diferença entre a Graça e a Leveza e o Horror-Terror se chama amizade. A amizade é uma espécie de reforma agrária do espirito através do corpo. Só existe a máquina e o corpo, a máquina não é capaz de processar a Graça leveza, o corpo ainda se lembra de como estas duas potências acontecem no mundo ou seja NÓS SOMOS A ÁRVORE ASSASSINADA E O NÓ DA MADEIRA AO MESMO TEMPO.

Onde estiverem a Graça-leveza estará O MUNDO. Nós podemos entrar num processo violentíssimo de desenraizamento capaz de nos arrancar do corpo de um modo tão feroz sutil que jamais saberemos a diferença entre nosso corpo e a máquina. A NÃO SER QUE SEJAMOS CAPAZES DE ENTRAR NOVAMENTE NA ÁRVORE. A NÃO SER QUE NOS TORNEMOS PINÓQUIOS AO CONTRÁRIO.

Carlo Colodi anarquista ontológico italiano cantou a bola, É NECESSÁRIO LER SEU LIVRO COMO UM MANUAL FILOSÓFICO DE RECUPERAÇÃO DO CORPO SELVAGEM.

A vida não binária se configura como algo ininteligível COMO UMA ÁRVORE ou COMO O ORVALHO. A permanência do orvalho, que atua através da simulação de sua própria nadificação-dissolução, INTEGRAÇÃO-DESINTEGRAÇÃO NO LUGAR DO ENUNCIADO 'O REINO DE DEUS ESTÁ DENTRO DE VÓS', adentrar no orvalho, adentrar na árvore.

"A condição da criação é a obsessão. Até começar, obsession; até terminar, possession". Escreveu Marina Tsvetáeva, e entre um estado e outro, a contradição e luta contra o eu intermediário fadado a perder por cansaço glorioso, mas ele terá como prêmio de consolação a assinatura na capa. O Daimon ou seja a natureza que possui os artistas tem como missão imantar a letra com O VERBO. Polinizar os abismos maravilhosos com as técnicas do transe até que eles sejam povoados pela floresta dos sonhos transparentes.

A morte não existe

Diante de uma foto de Marielle Franco, vereadora assassinada pelas milícias do Rio de Janeiro.

Existe aqui a conversão involuntária por toda essa máquina de extermínio que gaseifica a guerra, de um rosto em um símbolo e deste símbolo em slogan de evocação de um senha perdida para um ponto de reinício, de reinstauração de uma antiga topologia psíquica que pode ser encontrada nos Tupinambás, se pensarmos os 'Tupinambás' como parte de uma ontologia inicial-fundante, penso é claro, nas mulheres tupinambás, é claro que entendo NEGRO como parte da DIMENSÃO NATURANTE INDÍGENA e é aí que o fim da política significa a criação de um ponto de convergência que nada tem de simplificador ou fácil, porque se refere a anterioridades que hoje ou se fundam em campos de convergência ou são mistificadas até a dispersão virtualizante total.

Como uma corda afundando no oceano

William Blake dizia que a vida é uma abertura para o máximo de experiências, Mestre Giba/Gilberto Mendes sempre me dizia seu mantra: 'conhecer pessoas, lugares e fazer coisas', uma amplitude da irradiação do que disseram estes dois amigos que tive pode ser resumida da seguinte forma: 'o ser não é fixo', a internet é no mínimo uma enorme lousa de névoa onde escrevemos o nome de algumas topologias que com sorte teremos a alegria de visitar, atravessar, habitar e isso não tem uma relação direta com a idéia do senso comum do que seja o amor porque me parece algo maior do que isso. Wolfgang von Goethe aos 70 anos 'habitando a topologia' ou como ele mesmo diz 'sentindo algo maior do que a vontade e o interesse' por uma jovem de 17 anos, acrescentou que 'mesmo sendo como os astros movente, o que sentimos não é determinante de uma realidade, mas apenas o ponto de partida para o aprofundamento das experiências com as realidades desconhecidas', distante cada vez mais das paixões criadas pela imaginação, não concebo nenhuma captura das energias do ser por nada gerado por ideias fixas, não se trata da ambiguidade, mas de aberturas cada vez maiores para campos de experiência cada vez mais profundos, porque não se pode conceber uma imagem do que seja isto, não há o perigo de perseguirmos uma miragem, mas é necessário amar os desertos, como a si mesmo e caminhar para fora de si, com determinação, ousadia e uma certa não-intencionalidade, isso parece paradoxal, assumir o paradoxo também é essencial, elevar a contradição a categoria das iluminações gratuitas e habitar o paradoxo, como se ele fosse uma destas barracas usadas pelos moradores de rua.

O sonho é nossa morada inicial

A crença é uma forma extremamente frágil de contato com algo, geralmente puro vapor emocional, logo dissolvido no ar das autênticas visões, a harmonia anárquica não possui nenhuma relação com a crença, é esculpida espacialmente-temporalmente por uma série de improvisos que se fundem com surtos naturantes, nossa metamorfose mais comum é a que leva a composição interna de uma escultura a partir do carvão dos atos falhos, algo que se movimenta nas periferias do ego, como uma energia onírica.

Ver é a utopia imediata

Entre o cansaço produzido pela espera da presença real do outrooutra e a burocacia do encontro fabricada pelas semipotências fantasmagóricas da mediação: o esquecimento do êxtase conhecido como respiração. Entre o que acontece por camadas de ramificações e o evento que jamais aconteceu: a força da quietude. A imagem possui sua autonomia simbólica, pensa por si mesma, é uma emanação do Não-Eu, é preciso libertar as imagens, nos dizem os sonhos. Somos atravessados por diversos sopros de energia, potências outras em constante metamorfose, elétrons, neutrinos, ondas gravitacionais, fótons, sangue ôntico e imanente, o sangue que circula em nossas veias, é de certa forma, uma irradiação em espelho deste outro sangue impessoal que se movimenta por veias infinitas de um corpo desnomeador e sem medidas, que só pode ser pensado por uma simbólica em chave poética e esquizofrênica ou seja através da criação de cosmogonias correspondentes

A identidade se move porque não existe

Um amigo me disse hoje que sou um tuaregue, é bem possível que nossa interioridade só tenha sentido no nomadismo, nas travessias, caminhadas para o fora, para a exterioridade, para as grandes aberturas que começam no OutroOutra (corpo de alteridades em ressonância e surto) e na natureza (emaranhado constelar destes corpos e surtos). É bem possível que sonhemos continuamente com nossa interioridade para realizar através deste sonho movimentos de expansão num grande esforço na direção do mundo até que seja possível 'acordarmos' em florescência para a exterioridade, esta é uma questão da esfera vegetal do des-ser que nos diz mais respeito do que questões de identidade ou outras. Para além de um dispositivo institucional, os campos de desnomeação de sentimentos cada vez mais vastos se abrem até serem também forças capazes de provocar a derradeira expansão na e não para fora da carne, criar nela 'o aberto desnomeado', e ouvi meu sangue estelar dizer que o abismo estelar que se expande para todos os lados começa nas paisagens (circuitos florestais) de sonho fora do sonho.

Prefiro o tempo dos insetos ao das estrelas

As lagartas maiores se aproximam das lagartas menores, devoram suas cabeças e sugam o interior de seus corpos. Esta é a política das lagartas. Depois surgem os pássaros e devoram as lagartas maiores e as menores. Esta é a política dos pássaros. Algumas lagartas sobrevivem, se tornam não-lagartas, seres híbridos de lagartas, folhas e cascas de árvore se tornam casulos. Borboletas ou Mariposas, algum tempo depois, seguem voando por aí e pousam nas flores, principalmente nas vermelhas. Sugam o néctar das flores e, nesse processo, dançam em volta delas e o pólen das flores gruda em seu corpo. Indo de flor em flor acabam por transportar o pólen e, assim, as flores conseguem se reproduzir. O casulo e as borboletas são parte da política das flores. É esta política que importa para mim. De algum modo cantar, escrever um poema são também partes dessa política das flores, são polinizações

Ninguém ou a condição do aracnídeo

Quando nos tornamos ninguém e desejamos exatamente a lembrança do agora onde não possuímos nada e somos possuídos pelo êxtase frágil 'da respiração', a vida se materializa como um incessante e lento nascer do Sol do qual não veremos o apogeu O processo de 'tornar-se ninguém depende da capacidade de lembrança do agora ou de um elogio que precisa ser dirigido para a gratuidade de uma alegria desertamente distraída Um pensamento que é emanado diretamente da experiência do esquecimento do próprio rosto, do abandono dos espellhos, medusas fracas demais para iluminar nossa ausência. Este dificil e raro pensamento seria capaz de criar uma tridimensionalidade, um terceiro ser menos viciado em esquemas e capaz de mergulhos incessantes no silêncio fundador de um adensamento da memória deste cristal de gelo dentro da nuvem do não saber

Ao coração dentro da concha

A instauração de uma ontologia do poema-contínuo seria a investigação dos momentos do ser onde ele se sente dentro do mundo, habitado pela pureza ficcional das coisas, imerso em uma clareira do tempo na qual a hora é incerta e onírica e não seguimos nenhum relógio, não tentamos esquadrinhar o invisível, é justamente nestes momentos que a interioridade-exterior iluminada por uma ininteligível exterioridade constrói o corpo de uma criança morta apenas no lado de fora da memória... Esse momento-sempre tem algo a nos dizer sobre a potência livre e edênica da beleza do mundo, potência sutil que resiste às ilusões de posse, controle,entendimento, potência que ultrapassa e dissolve o projeto iluminista ou da ilustração (Ver Kant, Diderot e etç...) cujo fracasso chamo de Titanic World Forever e nosso tempo é a máxima ressonância desse fracasso que foi anunciado por antigos moradores do obscuro-límpido como Nietszche, Baudelaire, Farnese de Andrade e Febrônio Índio do Brasil... Somos o fantasma-vivo da criança morta, o fantasma-vivo da criança morta é o mediador da beleza do não-ser ou da beleza da natureza e de sua irradiação chamada a máquina do mundo reencontrada... Renomearemos essa irradiação do aqui e agora e a chamaremos de Poema Contínuo. Entre a sociedade humana e a vida existe o abismo de luz-dos-séculos-nada, abismo que se projeta interiormente como o vazio dos anos-luz entre O Poema Contínuo e a dignidade do ininteligível ou o mundo da criança morta.

O poema-contínuo acontece quando a vida da interioridade (no fundo uma energia do alheamento que dissolve lentamente a ficção através do silêncio-quantum do esvaziamento) se funde com o símbolo e a linguagem e se transforma em um catálogo de senhas para acessarmos um mundo que ainda respira através do poema-fantasma da criança morta. A mais difícil tarefa dos poetas da atualidade, dos embaixadores do estranhamento será a recuperação e reconstrução destas senhas para o acesso a esse Poema sem palavras que torna possível a respiração do mundo ou seja a viagem para o que silencia, para o indizível, para o silêncio do indizível onde o fantasma da criança morta brinca de existir através da nossa semi-presença, através da nossa fome de um sagrado ainda não codificado mas presente em nossos silêncios-fantasma, presente para o reencontro com misteriosíssima rosa do mundo, com o onipresente oceano dentro da concha.

A árvore solar

Eu sou Van Gogh retornando no sempre, para assistir ao suicídio-mutação do capitalismo como ideia. Van Gogh, alguns segundos antes de morrer, sentiu essa inexprimível sensação do fracasso como um triunfo da permanência de uma ideia extraordinária e improvável, a ideia de que sua morte era apenas simbólica e representava o início de um poder místico da determinação acessível aos artistas do futuro através de sua obras e testemunho. O poder de criar apesar das limitações para a expansão urbanística da vida do espírito. O dinheiro como uma abstração mais cedo do que imaginamos irá potencialmente se tornar uma instância criadora de outros mundos e depois anular a si mesmo, isso é um capítulo da história que ainda será escrito pelos corpos-árvore.

Pastores do indizível

Vapor do Salmo, essa é a ideia, estive pensando no entusiasmo sutil como uma brisa que parecia ser o centro da amizade entre Miles & Coltrane e em como esta amizade é para mim o símbolo da construção de uma catedral invisível que o afeto pode erguer dentro do campo de vaidades devastadas por um incêndio interior (Miles) ou por uma geleira pegando fogo no Alaska (ou o Deus em Coltrane). Um dia Miles disse para Coltrane: Precisamos aprender a evocar o silêncio-em-escalas de Thelonious Monk, aquele mesmo silêncio que se materializava no meio das notas, o silêncio-semi-bliss que Thelonious Monk evocava para tentar sustentar a música em seu movimento no espaço e parar o tempo. É disso que precisamos.

O Apocalipse é como um sonho ao contrário

A perspectiva da doença descarna a realidade, ganhando uma camada a mais de distanciamento, tornando-se "mais longe ainda". O pensamento é cortado em fatias e começa a descolar de um centro que se liquefaz em pequenas contemplações da multiplicação das sombras da luz projetada na parede pela passagem dos faróis dos carros lá fora, as sombras que criam uma série de duplos das janelas que vão entrando umas nas outras como fossem "o espírito" da janela principal, em ondas de luz cinza, ora frias e geométricas, ora ensurdecedoras e neutras, dando notícias do reinado de um caos maior, do inaceitável. É óbvio que, entre todos as luzes, há este fogo quieto, invisível, mais frágil do que a chama de uma vela, que nos diz que "Não, não será desta vez", ignoro de onde vem essa ilusória certeza, mas ela e a chama dessa vela nômade se afinam e atravessam o horizonte. No meio da noite, havia outras vozes dentro das sombras. Harpias gritavam que, em outro momento, uma simples gripe como esta esvaziará a Terra, em outro momento, não agora.

Cioran comentado

"Não posso diferenciar as lágrimas da música" (Nietzsche). Quem não compreende isso instantaneamente nunca viveu na intimidade da música. Toda verdadeira música procede do choro, já que nasceu da nostalgia do paraíso.'

Comentário: Sendo a música uma objetividade da energia do não-ser que se manifesta na interioridade-exterior do ser, o modo de apreendê-la acontece quando a interioridade pode sentir esse acontecer através da emoção que atravessa os limites, nos extremos da emoção, que é a exterioridade de uma interioridade, a música se move. Isso explica em parte porque Bach não impediu o genocídio organizado como indústria dos Nazistas, havia Bach, mas não havia a disposição interior para a emoção que torna a música de Bach parte da interioridade, isso que Cioran chama de 'intimidade'.

"Só o paraíso ou o mar poderiam dispensar-me do recurso à música."

Comentário: Aqui o que chamamos de paraíso é pensado como 'ausência' e 'alteridade absoluta' e uma imersão neste estado de não-ser, realmente nos dispensaria do recurso da música porque estaríamos dentro das fontes do silêncio que a criam, e o silêncio como idéia só é realmente possível no 'mar' ou no 'paraíso', paradoxalmente, existe um tipo de música que nos transmite uma profunda nostalgia do paraíso e do mar, um tipo de música que é capaz de evocar nossa própria ausência.

"Possuímos em nós mesmos toda a música: jaz nas camas profundas da recordação. Tudo o que é musical é uma questão de reminiscência. Na época que não tínhamos nome, devemos ter ouvido tudo."

Comentário: Nas camadas profundas da recordação e aqui não estamos nos referindo a reconstrução interna de um Proust, este Kant da germinação como memória como reconstrução do mundo interior, Cioran se refere ao momento em que a memória e o silêncio se equivalem e não existe a dicotomia música e não-música, porque não existe a dicotomia ser & não ser.

Talvez, uma esfinge

A amizade entre Yukio Mishima e Yasunari Kawabata provou que o cristal da amizade possui também um poder de opaciamento, quando atirado no fundo do poço escuro da objetividade, foi esse cristal feroz que os levou ao não-reconhecimento do mundo como um campo de dignidade da beleza. A beleza não é apenas terrível, como o canto das sereias na Odisséia, ela é o centro do mundo do demônio, disse Kawabata em seu último momento. Sim, talvez ela seja sustentada por um ritornelo, mas não é de modo algum uma irradiação lírica das negatividades ou de um Logus industrial que se alimenta de um campo de impossibilidades, é o oposto disso, a inauguração de possibilidades do encontro de interioridades iluminadas pela gratuidade do afeto, disse a Esfinge sem segredos.

A poesia é a mãe da psicanálise

É como um teatro inacabado, entendo o "si mesmo" não como o vetor de uma resistência ao poder, mas como um lugar obscuro onde se dá o autêntico encontro com o outro citado por Rimbaud, com o misterioso e intocado silêncio-surto capaz de fundar cosmogonias e visões, para mim a alteridade não funda uma potência, mas uma estética-ética do esvaziamento. Sinto que sem o 'esvaziamento' ou desaparecimento do eu não existe o acontecimento do poema, mas apenas uma simulação do poema como um evento-irradiação de uma semi- singularidade que só existe enquanto potência dramática. Existem esquemáticos e tolos paroxismos criados pelo desejo fantasioso e neurótico de controle da realidade via discursos/gritos/gestos delirantes emitidos pela grande parcela que não aceita e quer opaciar, destruir a alteridade, por outro lado, visões dicotômicas falsamente épicas tendem a reduzir a capacidade de ver e pensar com nitidez e escondem de vista, clareiras de convergência que apontariam para um projeto-em-ato (ética profunda). Mas não se fala em projetos, o mesmerismo dos nomes e do culto da personalidade contaminam como gases letais o pensamento ou não o tornam possível. Identidades-Matrioska mesmerizam a realidade por fora e tornam difícil a percepção de seu corpo que é nosso corpo. É como se os círculos na água tivessem mais importância do que a pedra que os originou, esquece-se da pedra e o mais absurdo esquece-se do Sol, não há nada de novo debaixo dele e etc. Coronelismo & Messianismo estão de mãos dadas caindo no abismo da história na velocidade dos sonhos, névoas e pesadelos que tendem a se dissipar na luz do Sol. O tempo é a energia que compõe o corpo da esfinge e as respostas são ações diretas que exigem alegria e coragem. Criação e não expectativa & projeção.

Sobre o amor como uma canção que acende um fósforo na água

Sim, porque o amor pleno quer ser outro mundo em teu mundo ou deseja que você estabeleça laços com a diferença de outra vida, outro viver que quer se fazer pleno em ti. Ame aquilo que não é você, diz o amor pleno por dentro da turbulência do vento na vela. Sim, ele é a chama de uma vela. Sabemos que toda luz vêm do Sol, mas o que dizer de uma vela acesa no fundo de um rio dentro dele?

destino-te a tarefa de me sepultares
impossível guardar-te, mesmo nos mares

no segredo mineral da noite
o dia era teu açoite

com um lápis e uma máquina fotográfica
riscar a pedra-cinzel da morte

depois
fica atento ao correio
onde se ouve cantar um espelho

do secular laboratório nocturno enviar-te-ei
devidamente autografado
o retrato da solidão que te pertenceu
como o relâmpago

e numa encomenda à parte receberás
a revelação desta arte
que do amor roubou a melhor parte

onde a vida cinzelou o precário corpo
na luz afiada de um vestígio de tinta
e inesperadamente o anjo esquecido de Klee
canta 'She lost control'
para ti

com Al Berto

Ele foi assassinado antes

Provavelmente na madrugada de sábado para domingo, um ladrão entrou na minha casa (em Cubatão) e roubou um aparelho de som e 350 cds, alguns raros e importados (como o de Jeff Buckey ao vivo). A minha conclusão fora o quântico-trágico-da-coisa-em-si e etc. É a seguinte: O Roubo age para anular a posse enquanto valor, embora isso possa parecer paradoxal, o roubo de algo material, sempre nos lembra que para nossa sorte mística, perderemos tudo com o advento do fenômeno da ascese da morte, a sensação de perda que sentimos é na verdade uma enunciação desse fenômeno... Uma pré-morte capaz de ampliar a nossa consciência para aquilo que os budistas chamam de contemplação da impermanência como um fato. Logo a perda deveria nos levar a um Satori em espreita. Da minha parte espero que o ladrão, antes de trocar tudo por pedras de crack, ao menos ouça os cds que roubou, ouça Coltrane, Gilberto Mendes, Almeida Prado, Miles Davis, Jeff Buckley, Cidadão Instigado, Yon Lu, Rogério Skylab, Tom Jobim, João Gilberto, Mariana Ianelli lendo seus poemas, Dora Ferreira da Silva lendo seus poemas, Roberto Piva lendo seus poemas... Se ele não ouvir o que roubou e a essência do que poderia ser uma transmissão de conhecimento a partir de um crime se perder é porque nele (no ladrão e em consequência no em-torno que o ajudou a optar pelo crime, leia-se 'fracasso educacional e cultural') a realidade é apenas o agente de um buraco branco.

Para Ali Smith no Hotel Mundo

O significante aqui é a sombra da árvore com sua música silenciosa quase tocando seus olhos, árvore ininteligível e silêncio amado com força suficiente para desintegrar a mistificação da linguagem poética, mas isto apenas no final, quando a sombra de um outro silêncio incancelável atravessar o espaço

Sobre uma foto escolar onde estão juntos Hitler e Wittgenstein

o que temos aqui é uma espécie de poema secreto escondido no jardim fechado da infância... O que o silêncio significava para Wittgenstein e o silêncio que Hitler evocaria com a lógica da técnica industrial aplicada ao assassinato em massa, ambos aqui evocados e em um futuro ali apenas imaginado de modo abstrato, nesse futuro estes dois tipos de silêncio jamais se tocam e o poema secreto será a morte, a única coisa capaz de materializar seus significados mais acessíveis a todos.

A reverência e o vidro quebrado

Há a recuperação da dignidade em uma ex-interioridade que atravessa todos os opaciamentos éticos do mundo humano-extinto enquanto sujeito cultural em um momento de filme de David Mamet que lembra muito a firmeza ética dos passos do Cristo-Tigre-Rosa de Pasolini atravessando os campos árabes. A Vantagem aparece no filme Cinturão vermelho como uma recuperação da energia pulsional do ato-em-si que foi tocada com facas pontudas por anterioridades que se movem como conceitos e isto acontece dentro da atmosfera naturante do campo das artes marciais e do faroeste. Aqui os limites entre uma e outra interioridade também são atacados pelas noções de sujeito envolto em uma estase de ondas de anterioridade que ao serem transfiguradas pela vagueza de afetos condicionados por forças nomeadoras, se tornam opacos e se dissolvem na espuma entrópica de um conto moral.

Woody Allen deveria ter filmado isso

Até onde sei, Gogol foi o primeiro a chamar um romance de 'Poema', hoje Antônio Lobo Antunes um discípulo seu que mistura as vozes para chegar a uma alteridade radical do mundo faz o mesmo com menos humor e igual refinamento místico. Gogol transforma o humor em máquina poética e muitos que o acusam de realismo vago não se dão conta de que aqui a realidade foi ultrapassada e transfigurada em Poema humorístico. Almas mortas é o melhor tratado de humor de todos os tempos, é como se Groucho Marx se encontrasse com Diderot dentro do cérebro de Flaubert.

Ondina

Cena 1 – Abertura em Preto e Branco – Interior-Imagem em close desfocada de uma superfície, que vai lentamente entrando no foco, revelando uma estrela do mar. A câmera vai se afastando até mostrar uma mulher vestida de noiva de costas. O centro do foco continua sendo a estrela do mar, vemos que ela está costurada na pele da mulher, quando a estrela ficar completamente nítida fazer uma fusão em slow motion. com

Cena 2 – Exterior-Dia – Ainda em preto e branco – Mulher caminha de frente para a câmera: a ideia é mostrar uma fusão da mulher de frente com a mulher de costas e ir lentamente deixando a imagem da mulher de costas emergir como um mergulhador que sai da água e logo após cortar para

Cena 3 – Exterior-Dia – Beira do Mar e Lixo jogados na praia e logo após fusão lenta com caixa eletrônico, seguida de fusão lenta com mulher saindo do caixa eletrônico (fade)

Cena 4 – Exterior-Dia – Câmera segue mulher até a beira do mar, mulher parada de costas diante do mar-Superclose frenético no branco do olho da mulher
Cena 5 – Exterior-Dia – Ao sair do superclose a imagem fica colorida e mulher executa uma dança etrusca diante do mar

Cena 6 – Exterior-Dia – Fusão do corpo dela com imagens de cavalos marinhos no sexo e uma águas viva na cabeça

Cena 7 – Close no céu azul sem nuvens.

Cena 8 – Fusão do oceano com cemitério onde uma criança está parada diante de um túmulo com anjos barrocos, criança olha para mulher e diz:
- Eu sou tudo o que vive na Terra.

Cena final – Após a criança dizer isto, fusão do oceano-cemitério com uma floresta, mulher fica nua e entra na floresta, ouvimos o som do mar que nos acompanha sempre.

Fim

Morrer não é sonhar

Ioga da imagem é uma citação feita por Hakim Bey em uma brecha aberta no Caos ou nesse campo de ambiguidades sutis dentro da Topoontológica do ser. A compreensibilidade não é uma meta do chamado 'anarquismo ontológico' teorizado por Hakim Bey, que pretende ser uma fusão rizomática entre Max Stirner & Rumi. A Ioga da imagem é o que acontecc quando sentimos que as imagens cantam o nome do mergulho ontológico fora de todas as nomeações do DESERTOFLORESTAFANTASMA e ao desaparecermos dentro 'daquilo que nos vê' dentro das imagens, saberemos sem as palavras que se estamos sonhando com as imagens e as imagens também estão sonhando conosco, então jamais houve um eu além desse sonhar e não haverá um eu quando despertarmos 'do lado de dentro das imagens' porque o eu antes da morte foi apenas um sonho em dobras e a expansão da imanência, principalmente através das árvores e da arte é uma prova de que a morte não existe.

Para Alexander Sokurov

Sonhei que podia ouvir o diálogo de dois anjos e eles estavam dentro da mente de Wallace Stevens, o diálogo era mais ou menos assim:

1: A pessoa tem um molde, mas não seu animal. Os angélicos
Comentário: O animal em sua autopoiesis se move na direção da seiva, da pedra e da reentrância germinativa, do naturante e como tal, ele é, como um elétron, ora uma onda de linguagem, ora uma partícula participante e molecular da deslinguagem.

1: Viveu na pobreza durante séculos. Só Deus era sua única elegância
Comentário: A pobreza é uma composição imanente, um modo pulsional de viver as ondas de vida.

1: Por um momento no central de nosso ser, a transparência viva que trazes é a paz
Comentário: A matéria de uma interioridade é a ante-anterioridade que age como um útero capaz de provocar um incêndio ao contrário chamado nascer.

1: De um céu que nos baniu com nossas imagens
Comentário: Da necessidade da criação de uma contra-metafísica da imagem.

1: Não ser realizado por não ser visto, não ser amado nem odiado por não ser realizado. O céu de Franz Hals
Comentário: Os eventos invisíveis como o desabrochar das flores, a corecosmografia dos movimentos vegetais, como modelos para novas éticas pulsionais.

1: Véu fictício luzídio sempre se tece da mente e do coração
Comentário: Há uma mestiçagem que se move criando estados fusionais entre todos os cérebros do corpo. Um pintor cria um movimento mestiço entre o cérebro das mãos e o cérebro 'proustiano' digamos assim, eidético.

1: O amor apropriado o tempo o escreverá
Comentário: A tessitura do tempo é erótica e circunscreve o corpo em uma série de encontros de metamorfose, logo, (logus) eróticos.

Cara Miranda July

E se tudo for apenas uma metáfora secreta de nossos sonhos? E se a realidade for um emaranhado de poemas e problemas tão misturados entre si que é quase impossível distinguir uns dos outros? E se o amor for no fundo a única maneira de distinguir uns dos outros? Talvez as metáforas sejam 'a droga do século' mas na falta delas o amor absurdamente banalizado pela linguagem, pode ser reduzido a mais uma droga anestésica, uma geração inteira viciada em 'anestesia da vida interior' não é melhor do que outra viciada em 'fuga interior', olhar para fora pode ser um ato revolucionário se nossa vida interior acompanhar o nosso olhar, vou reler o seu livro como se ele fosse um filme em estado puro ou seja, como se ele fosse 'algo vivo' como os nossos sonhos, esse lugar onde o amor nasce ou se confirma como uma fuga poética, a mais poderosa delas.

Manifesto por uma ética mística

A vida como um pulsar do ininteligível e do real que floresce em nós através deste silêncio noiseomântico desde os astros até a mata mais próxima não encena a si mesma e é desprovida de 'passado' e 'futuro' ou seja de cronogramaturas esquadrinhantes, ela é um acontecimento autônomo. A perpetuação do nome como lugar da identidade apenas anuncia que algo apartado de um sentimento do viver está sedeslocando do corpo encalacrado para longe do ser-que-acontece-fora-do-nome, em resumo: é a vida quem vive, através de cada surto e não em seu oposto. A percepção do teatrofantasma como uma potência surtológica que procura a dissipação da encenação-da-encenação, como a simulação de um controle sobre a vida, é o inicio de um A-entendimento do acontecimento do mundo através do corpo e não 'como uma metafísica' que pode levar a lugares dentro do poema que ajudam o ser a atravessar o teatrofantasma, mas a superação do teatrofantasma seria um mergulho ainda mais fundo no ame o que você não ama e na nuvem-do-não-saber ou seja no inominável e no que pode ser despensado agora pelos olhos codificadores, o oposto do teatrofantasma é a contemplação ativa de uma ordem fisionômica do cosmo que se manifesta nos rostos de todas as coisas. Não reconheço uma intencionalidade no propósito de evocar no leitor o ser atravessado pelo poema, nem sinto no que está escrito uma busca pelo real que não encontra funcionalidade imediata e a transfiguração da vida cotidiana, tampouco me preocupo com a incompreensibilidade, ela é inerente ao mundo ininteligível do oceano, dos pássaros e das florestas, mundo que permaneceu ininteligível apesar dos esforços de Giordano Bruno, Aristóteles, Kant e Vico. O que me fascina é que esta incompreensibilidade não impede o afeto secreto e desnomeador de encontrar um eco de seu canto permanente em você através de uma linha vertical onde todos mais cedo ou mais tarde entram no poema, dialogam com o poema que desse modo ilumina uma poderosa pulsão afetiva e colabora para a aceitação da alteridade como uma finíssima camada, não do Maya ou de um ilusionismo do sagrado que adora brincar de esconde-esconde ou do sagrado mais-que-visível-em-toda-parte, mas de uma presença sinérgica do corpo como uma expansão, obviamente não reconheço uma "distinção nítida " entre a vida de um fósforo aceso, a de uma água-viva, a de uma orquídea e a vida humana. Como acender uma paisagem para libertar os gritos? Inesperadamente os sentidos mais profundos de um termo nos escapam se estamos no início de uma paixão por uma idéia vaga e errática como essa idéia do ao vivo (inexistente segundo a microfísica pois tudo é gravado) ou a idéia do encantamento como fundador do amor (impossível segundo a lógica mais abstrata e por isso mesmo uma longa sinfonia que toca muito baixa por dentro) como um pássaro que se apaga. O primeiro homem morto a pontapés não cancelou a metafísica, ela deu cinco tiros no Sol ouvindo Bach e Messiaen nas cápsulas do sono enquanto a ética do retorno cantava na casca das árvores,o rosto nas copas, o olhar na folha que cai na água parada,cantando o fracasso que viaja, o fracasso do autêntico convocando a destruição da vida controlada através de uma fiscalização videofotográfica que enovela a memória de um mundo preso ao sempreontem, cantando a árvore do paradoxo para completar a paralisia do simbólico, por exemplo: Homem e mulher nus no abraço que sangra as palavras,acessando através do sono os seres mortos na vela acesa do olhar, cantando a seda secando os fósforos ou você aos sete anos olhando o céu. Ao nos vermos (imediata projeção da alterinterioridade) nas paisagens (enquanto leitores das paisagens e sendo por elas atravessados) estamos em um território do chamado 'tempo interior' que não pode ser tocado ou transmutado em funcionalidade variável ou automatismo conceitual pela terminologia-gaiola do nazismo psíquico, paisagens estão em um 'modo de estar do mundo 'que é ininteligível, são entes indomáveis que habitam a vida do espírito, lugar inalcançável para o nazismo psíquico, ali no meio do 'território selvagem' aprenderemos a anular a magia negra da terminologia.

Manifesto contra o nazismo psíquico

Todas as tentativas de controlar, limitar ou destruir o caos formam a essência do nazismo psíquico, o caos é indestrutível e se multiplica através das galáxias, das palavras e dos silêncios. O nazismo psíquico tem cheiro de menta. ,nós em nome do poema contínuo nos colocamos contra o nazismo psíquico neo-positivista dos livros de autoajuda e contra o nazismo psíquico pseudo-niilista e semi-hedonista da cultura das drogas. o nazismo psíquico se alimenta da diluição da angústia em um pragmatismo ou utilitarismo disfarçado de ética-estética do vazio que por sua vez se alimenta da lógica do possível imediato da ditadura das coisas. ora o caos já provou através da história que a vida se move dentro do impossível, e dissolve as coisas no ácido do tempo-morte. No ácido do tempo-êxtase o caos é ambíguo como um elétron, ora é uma partícula de caos visível, ora é uma onda invisível de hipercaos. O caos não é um teatro. O nazismo psíquico é um cenário interior construído pela ditadura das coisas-conceito,o hipercaos não é um poema.

nenhuma palavra jamais tocou na realidade, isso explica porque os escritores sempre fracassam quando tentam vencer o nazismo psíquico com palavras, em verdade vos digo que a poesia fora das palavras é infinitamente mais poderosa do que a ditadura das coisas e ela virá como uma onda viva de dentro do hipercaos tudo o que chamamos de realidade será consumido por essa devastadora onda de sonho. O objetivo da arte é a aniquilação do Estado centralizador e totalitário e não a criação de um símile dele no mundo da cultura. A destruição do Estado maquete das potências comunitárias e de suas negociatas será o início da era de ouro da vida do espírito em autopoiesis. Tudo aquilo que submete a criação e organização de desejos e vontades comunitárias ao crivo da oficialidade e do status das negociatas é nazismo psíquico, Hitler é o pai dos ministérios de cultura, Mussolini é o pai das secretarias de cultura, a famosa frase de Goebels: 'Quando ouço falar em cultura, saco meu talão de cheques' é a base e o vetor para o nazismo psíquico praticado pelo mundo teocrático-imperial-militar-empresarial com o apoio e incentivo do Estado. A verdadeira arte laica e sagrada deve guardar uma distância segura, talvez de anos-luz de toda e qualquer oficialidade controladora, de secretarias e ministérios de cultura e de departamentos de marketing de empresas. Quem patrocinou a dança dos Dervixes de Ashikhabad? E o canto dos Lamas da Mongólia? E o Dao De Jing, A Linguagem dos Pássaros, O Livro de Jó? A vontade da alma que é só uma é a de ver a si mesma refletida na memória do mundo. A Democratização total dos meios de produção cultural é o futuro. O nazismo psíquico será vencido pela vida do espírito.

O nazismo psíquico ao se configurar como a fronteira entre o "jardim fechado da infância" e os dispositivos de controle dos adultos não consegue atingir aquilo que podemos falsamente nomear como 'pólen' ou os resquícios da infância que não são completamente processados ou seja assassinados pela lógica do anti-ser ou do semi-ser também conhecidas como a lógica das nomeações, em síntese:

“Entra outra vez no jardim... Ele não está completamente fechado para ti”

“A porta é estreita” e etc...

Em verdade vos digo que o Adulto não existe, ele é a máquina de caosmose no agenciamento da miragem e a miragem não é a infância, a miragem é o controle. A criança interior não é uma miragem ou uma possibilidade utópica, ela é a pérola dentro de ti, ela é o Simurg. No mundo do controle a criança é invertida através do louco.
A atual situação instaura um não- poder nas bordas do poder e não seu oposto. Não é o início do sonho realizável de um novus thomas morus lá fora catando latinhas de cerveja para vender mas o ponto nevralgico onde chegaríamos à transcendência contínua das solidões tecnosociais ou das exclusões e abandonaríamos finalmente a palavra ‘projeto’ como um topos. O que temos no lugar disso (a situação) o que temos no ‘lugar de um lugar para o não-lugar’ é o hipervazio internalizado como mascaras do caos que tem no consumo seu paradigma global de organização e desvitalização do vazio em série, seu sedutor sol em negativo dentro do futuro banco Duchamp, do futuro Google Bank, do atual Banco van gogh, bombas de antiontologia. Nesse momento quando nós escrevinhadores, como crianças no banco traseiro da vida lutamos para inaugurar a micro-potência de gestos que clamam pelo impossível necessário dentro das instâncias do corpo ou seja clama por uma ética-estética da não-fronteira, de uma ética-estética da alteridade total, florestal, estamos longe desse lugar onde os não-lugares respiram na luz dos drones

costurados no tecido urbano, longe desse 'presente-do--futuro' e ainda vivemos nas cruéis divisões da organicidade burocrática de uma sociedade sem estrutura societal e nosso falso consolo é apenas a sucessão infindável do espetáculo de nano-depressões e abismos-por-assinatura. A literatura em tal quadro 'branco-sobre-branco' está condenada a ser um déja vu machado de assis requentado, um déja-vu Marcel Proust às avessas, um deja vu jorge luis Borges na áfrica? A literatura está condenada a ser apenas mais um vetor do marketing narcísico para os cada vez mais raquíticos donos da cultura e agentes das variedades fantasmagorizantes? O que é esse eu-fantasma que escreve? Não há como negar que esse sistema de produção do narcisismo produz valiosos ítens materiais e imateriais da cultura objetiva para uso dos açougues e supermercados culturais: como romper com este estado de coisas sem ser dissolvido & jogado para o escanteio existencial e depois 'retirar' a literatura do gueto das superprovincias do pensamento, das vilas tecnomedievais? Como acabar com o feudalismo cultural das gangues simuladoras de um estilo, viciadas na auto-caricatura enevoada e opaciadora do rosto? Como sairemos das gaiolas do espeho sem enigma, para entrar na vida do movimento nomádico e não na 'nostalgia da metafísica do não lugar 'da qual esse manifesto é uma irradiação tardia?

Lâmpada no gelo

David Cronemberg é um cartógrafo das metamorfoses humanas desde 'Gêmeos: mórbida semelhança' sua câmera tem procurado os indícios do apagamento do ser dentro deste ente que se perde dentro da máquina a ponto de se confundir com ela, de ser dissolvido por essa máquina de controle e formatação do ilusório, neste 'Senhores do crime' ele chega a uma síntese do homem-máquina e aponta para a visão de uma paradoxal duplicidade que na cena final aparece como uma pergunta do próprio caos ecoando dentro do torpor da vida, ali onde a percepção da santidade de um rosto (Lévinas) é a única luz que faz a chave girar. O cinema é um louvor ao estranhamento como um vetor das texturas poéticas do mundo, nele a câmera se aproxima do mundo para tocar no mistério sondável do ininteligível que dorme em uma árvore ou em uma pessoa e nós, antigos reféns desse sono onde o murmúrio vivo das coisas sussurra seu nome, também somos os animais que sofrem de presunção do visível e de algum modo somos quase curados não dos sintomas dessa doença anacrônica da interioridade mas da nossa indiferença diante da dignidade do invisível.

O lado de fora como um filme

A falsa escolta dos reflexos alimentará o apego aos acordes da música-névoa do nosso nome, dentro dele e de suas irradiações todas as lições do vazio fulguram... até que por milagre o sentimento do mundo encontra o do tempo e somos dissolvidos pela metade.
A burocracia-morte não cancela todas as irradiações do humano, que continuam a agir, apesar do turbilhão de desintegração que move o que chamamos hoje de forças do mercado, mesmo quando o apego aos acordes ideológicos do controle o renomeiam. Este ótimo filme chamado SONHO_VERTIGEM é a história de uma amizade construída nas brechas do sensível. Apesar do nosso véu de cordialidade (Ver o equívoco horizontal de Sérgio Buarque de Hollanda), nós somos semihedonistas viciados na burocratização de tudo, principalmente do afeto, pensava nisto enquanto via esse filme pela segunda vez, da janela do ônibus.

Mélies no Sol

No início sonhava com os estilo de Stendhal, Eça e Dostoiévski e com o poder de evocar a essência da subjetividade. Hoje sei que escrevo para aprender a ficar em silêncio, ser como uma neblina entre as nuvens provocando um onirismo groove na entrada do túnel ou para organizar todas as minhas auras assassinadas no jardim das balas perdidas. Para isso posso jogar no terreno baldio a faca de Cabral no olhar de Cruz e Souza e o desejo de transcendência de Thomas S. Eliot no de Montaigne. Como Hilda Hilst quero estar o mais longe possível do deus dos nomes e desconstruir essa cínica geografia da finitude. Escrevo no exato instante em que O NADA se move e deixa atrás de si (Onde vivemos) um rastro de lesma humana, rastro brilhante de resignação, fúria, sofrimento e lucidez; No exato instante em que essa névoa não diz MORTE parece haver realmente alguma diferença entre pensar e escrever? Ambos o escritor e o pensador tentam ser uma metáfora desnecessária do mundo mas a coisa toda acaba se tornando apenas mais um jogo onde a essência ao invés de gritar sussurra um FODA-SE GERAL E IRRESTRITO direto da paisagem mais próxima. Escrevo para saber que nem o silêncio é capaz de desfazer o equívoco de sermos amor e morte ao mesmo tempo e não termos nenhum autêntico entendimento do sentido destas duas aniquilações, escrevo para alcançar a compreensão da infância infinita do Dharma ou do Foda-se.. Tanto faz.. Não consigo me livrar disso. Escrevo para tentar tocar com a língua nessa idéia absurda e por isso plausível da alma.. Eu poderia muito bem matar, vender caranguejo na beira de estrada, sucrilhos mental no cruzamento da favela ou caneta, drops, rosas de plástico no buzão lotado ou churros e cachorro-quente na praça deserta.. Movido por uma demoníaca infelicidade prefiro escrever quase de graça.. Vender livro quase de graça.. Me foder e cantar esse samba.. Pagar caro pela ousadia de viver essa loucura sem segredos.. em resumo.. Escrevo para ser um Exu e acima de tudo.. Escrevo por causa da impossibilidade de matar o Sol.

Diálogo necessário

Marcelo Ariel: Não posso entender a revolta
Ruy Belo: Que revolta?
Marcelo Ariel: Os da nossa espécie se revoltam para pilhar com os lobos e as ratazanas
Ruy Belo: É como se eu falasse outra língua
Marcelo Ariel: E quem era eu no século passado? Por que só agora me reencontro com o meu fantasma na revolta?
Ruy Belo: No nosso século já não existem vagabundos e guerras errantes, o povo conseguiu destruir tudo
Marcelo Ariel: Enquanto a ciência costura uma roupa velha para o corpo e a alma rasgarem outra vez...
Ruy Belo: Infelizmente temos apenas essa medicina vaga e essa filosofia da miséria administrada...
Marcelo Ariel: E a assunção da lógica matemática, a ressurreição do número como a religião das máquinas de ser
Ruy Belo: Mais humanas do que nós.
Marcelo Ariel: É certo que através delas caminhamos para o espírito...
Ruy Belo: O espírito! O espírito! Por que Cristo não aparece de uma vez e nos liberta dessa falta de nobreza patrocinada por Igrejas e Palácios...
Marcelo Ariel: Calma, o sangue pagão voltará...
Ruy Belo: Espero Deus enquanto o ar dos oceanos queima meus pulmões...

Anotação de Gláuber Rocha sobre uma possível filmagem de A MAÇÃ NO ESCURO

Claryce Lyspector tentou dissolver a kapa de escritora na paisagem interior mais próxima, nem sempre é o outro o nome dessa floresta. Claryce Lyspector tentou dissolver a capa de escritora mergulhando na interioridade de um oceano sem palavras, Los ojos del espectador devem VER SUA PRÓPRIA MORTE como um ex-centro. Claryce Lyspector é um jardim enevoado onde adoro me perder, sempre encontro Lúcyo Kardoso por lá fumando um cigarro de palha, é um caso de fusão do um, quero filmar a fusão do um no futuro. Aliás ele é isso, se pareço hermético são os seus olhos meu bem, aliás os meus, por falar na névoa amorosa. Você que está me lendo agora é meu clone-fantasma, estamos todos juntos nesse abismo. O que é criado pelo espírito é mais vivo que a matéria. Mas em nossa época o espírito está doente, ele sofre de arte e prostituição ou seja de amor truncado por esquemas, mais cedo ou mais tarde nós seremos derrotados pela ferocidade DO POEMA? Assim como a música de VILLA LOBOS perfura o espaço e atravessa o tempo, o espírito agirá como um ácido sobre tudo o que não for abstrato. E a cultura das massas? Buracos finos no mundo do espírito cavados por gerações de cigarras... Hoje entregar-se ao Satã DAS KAPITAL é igual a nada, é o mesmo que fumar um cigarro ou tomar um café no lixão da metafysica, o mesmo triunfo da vaporização e centralização do eu que está em tudo em sua forma mutacional de crime ou a glória pessoal, que não é mais do que o resultado da acomodação de um espírito à imbecilidade de um povo. A ferocidade dos homens é engenhosa mas a da poesya é indestrutível e só a estupidez pode ser comparada a ela porque é absoluta. A ferocidade da poesya nos une mais do que o amor, que não passa de um jogo para escondê-la. Quem será capaz de sair de si mesmo e trepar com esse fantasma invisível?A incapacidade de sair de si é o que faz o artista do sonho. Por isso quando ele fala não existe o outro lado e toda matérya é espyrito... Por isso esse fantasma se dissolverá no vento e se converterá em mundo. É possível ver um lado menos ordinário naquilo que o escritor português Antônyo Lobo Antunes chamou em uma entrevista de a parte mundana da literatura, obviamente se referindo a noites de autógrafos e demais irradiações mercadológicas e autopromocionais do ato de ter editado um livro. É claro que o lançamento de um livro de poesia em um projeto de polynyzação é na menor das hipóteses um antydoto para a estúpida banalidade & burocracia do próprio mercado em questão. Alguém no meio do debate falou em resistência, mas abomino essa palavra, a odeio tanto quanto o meu clone-fantasma odeia as palavra marginal, excluído e humilde quando fora de seus contextos neonazystas suavizados e associadas com a criação artística, a parte que assina os livros é a mesma que fazos filmes e se torna cimentada quando é apenas um topologia truncada onde reina a egoydade e suas extensões. Há sempre a possibilidade de abrir um buraco negro no meio dessa merda reluzente do meu livro-minha obra e etc... Dobras e aberturas para o outro sem a ansiedade de projeção, sem a associação voluntária da criação artística com o vetor da vaidade pseudo-culta, da perversidade sensível ou seja sem associá-la a um projeto de marketing pessoal. O além disso é quando alcançamos o lugar da amizade que longe de ser um não-lugar é no fundo um outro jardim presentificado não para evocar a memória da infância, mas sua superação. É um luxo poder ver a inauguração de um surpreendente sentido dentro da lógica do pré-vysível. Porque Herberto Helder em sua Poesia Toda investiga a existência de uma voz que é audível internamente sendo 'Fora do som' uma água como o sem tempo, podemos ligar essa porta aberta com a mão morta das parcas e iniciar a irradiação invertida da razão nas enormes ressonâncias escondidas nos fatos e em outros pontos ocos que se vestem de pergunta e nomes. Ganhei uma ou duas auroras falsas por dentro catalogando o ouro do tempo em pó, por exemplo em Jeff Buckley ou Mário Faustino. O ouro do tempo é uma espécie de sangue da alma (a frase é meio parnasiana, mas é isso mesmo, a alma sangra infinitamente através da música.) O resto não é o silêncio, mas o puteiro da ontologia ou o marketing do lixão das ynteryorydades. Mas a porra da aurora reencontrada só é falsa por dentro... A ydeya é filmar Claryce Lyspector se encontrando com Herberto Helder em Lisboa e o fylme se constrói em torno disso, das poétykas mysturadas.

"Em literatura a sinceridade não leva a parte alguma..."

Witold Gombrowicz

Concordo plenamente com isso. Mas esse é apenas mais um abismo de contradições para onde vai a energia que vaza do eu-fantasma para a tal "parte alguma". Às vezes ela vaza para as crateras afetivas ou os terrenos baldios interiores. Um dia desses o Jorge de Lima perguntou sobre o meu romance e a pergunta abriu outra cratera. Na hora pensei o seguinte: Cara, acabei de jogar fora o roteiro do Wild Palms do Faulkner. Preciso do tal isolamento glacial, bem longe. Bem longe das rigorosas paisagens do paradygma-Brasyl. O meu clone-fantasma já havia me alertado. É melhor agir do que falar. A arte é uma estupidez, disse o surrealysta Jacques Vaché. Esta frase funciona para mim como os silogismos do Cyoran, a estupidez está profundamente ligada à vida como mistificação e ilusionimo-onirismo. O cynema-sonho é extamanente a superação disso partindo dessa frase.

Carta para Dea Loher pensando no Coletivo 302

Após assistir a montagem da peça 'Inocência' com o Teatro dos Satyros - houve um fulgor que nasceu do esfacelamento e do esquartejamento da 'vida do espírito',que tentarei identificar como um fulgor do imprescindível e inapreensível oceano laico da vida... Onde palavras como 'Deus' e 'Humano' evocam, não mais a potência do ilusório, mas o clarão de uma derrisão. Neste cenário entre escombros o encontro com o outro possui o valor de uma redenção capaz de dissolver o fantasma da torre de marfim e o fantasma das conciliações e trazer de volta um sentido para a lucidez maior do que a nadificação. O sentido da tomada de uma decisão. A de se emancipar de um mundo blindado para a transcendência. Isto é como uma maravilhosa engenharia do fracasso. Insisto muito nisto, principalmente depois de ter lido Cioran na extinta Vila Parisi. Cubatão é o meu não-lugar afetivo, o centro da minha luta contra o vazio. Desse negócio arrasado que alguns cretinos chamam de "arte". Como disse o meu amigo Oswald: Cubatão, Bertioga, Guarujá e adjacências deveriam se transformar em um grande parque-floresta habitado somente por árvores e passarinhos. Assino embaixo, fomos expulsos deste e de todos os paraísos não-artificiais e aqui estamos neste maravilhoso inferno-que-não-funciona-direito. Estou no meio dessa burocracia do futuro-passado onde vocês tentam montar a porra de um grupo de teatro por causa da Patrícia Galvão e do Afonso Schimidt. A arte

em Cubatão é Uma dançarina que se equilibra em rolos compressores com uma flor na boca e um beija-flor bicando seu seio esquerdo. Eu e a Patricia vamos beber a água da vala como se fosse a da vida . Vamos beber a água da vala do Camões. Se é que vocês me Entendem, o nome do grupo deveria ser 'olhos abertamente fechados' para quebrar o protocolo de merda do teatro. O melhor é que funciona como um grupo clandestino. Vou dizer uma coisa, gosto tanto de teatro que gostaria de pegar numa marreta agora e começar a quebrar todos, principalmente os conventos, quartéis e hospícios, nestes lugares se pratica o hiperteatro ou seja há um míssil apontado para Cubatão. Quando não restar mais nada, estaremos dentro do silencioso corpo do invisível. Depois do nosso último encontro-ensaio pensei muito no que Rimbaud escreveu em uma carta..." Estou loucamente determinado a adorar a liberdade livre."
Novalis, o loucão afirmava que o tempo é apenas espaço interior e o espaço tempo exterior, concordo com ele porque também estou mergulhado até o pescoço na loucura. Por exemplo na loucura das citações,no devaneio digressivo e etç. enfim logo estarei irremediávelmente apaixonado por alguma garota-oceano e totalmente perdido, enfim Foda-se o tempo. Que ele exploda dentro do espaço. Cara Dea você deveria conhecer Cubatão. Cubatão é a verdadeira Praça Roosevelt.

Depois da queda

Ana Cristina César agora é um beija-flor que se solta de um emaranhado de galhos secos e teias de aranha e mergulha em uma piscina. Uma criança disse: "Esse beija-flor mergulha na água como uma gaivota."
"Um anjo, um beija-flor ou uma gaivota são um peixe por dentro como todos outros" E outras: "Um anjo é um homem que se exclui absolutamente ou seja é uma mulher." Crianças atravessadas pela exatidão da solidão de uma luz terrivelmente branca que sai da água.

Sonhei que assistia um diálogo entre Godard e Pedro Costa.

Pedro Costa: Nossa época conhece um tipo de afetividade, que se caracteriza pela falsa objetividade, afetividades vaporosas, onde o encontro real se torna cada vez mais difícil e é sempre mediado pela tecnologia da comunicatividade...

Godard: Sim, me parece que nos tornamos excessivamente focados em nós mesmos e ao invés de valores éticos, agregamos apenas as imagens dos outros dentro de nossas construções ficcionais de uma idéia de afetividade, que se realiza apenas na superfície do distanciamento.

Pedro Costa: De um distanciamento cômodo e suportável, desde que a voz sem a presença seja convocada para atenuar a intensidade de uma ansiedade sem centro.

Godard: Que atravessa um poderoso vazio cristalizado pela ausência, como um relâmpago em um dia claro.

O mito da compreensibilidade

Devo absolutamente tudo o que sei ao meu bairro, minha rua, minha família e meus amigos, fora deste círculo que encerra em si inúmeros mistérios, para mim nada mais existe, além do abismo do tempo e da parede absoluta da morte. Escrevo por causa da insônia parcial ou seja por causa de uma parte de mim que jamais dorme e certamente não morrerá. A escrita é apenas a forma precária que essa parte encontrou para se comunicar com um falso exterior. Mas não sou mais um poeta, sou um ex-poeta, todos são poetas menos eu. A poesia do modo que a concebo nada tem a ver com força nenhuma, ela é uma anti-força. A frase "eficiência em transmitir emoções ou estados de espirito", leva a um ótimo paradoxo, vejo essa eficiência como um mito, certamente os outros meios de expressão, possuem cada um a seu modo, sua poética, sua arquitetura e sua música, mas falar sobre poesia não me torna um poeta, ainda bem... No 'Tratado dos anjos afogados' não existem fatos objetivos, o que quero dizer é que procurei embaralhar as coisas para extrair delas um 'fato puramente mental' e não-objetivo, não creio na ilusão da permanência, nem no limite interpretativo ou reinterpretativo das mensagens, tudo isso é apenas mistificação, o ideal seria que cada poema do livro fosse lido como a legenda de um filme iraquiano. Jamais saberemos o que é Real, o Irreal nos cerca, diria até, que o Irreal nos governa. Os temas da minha escrita, já os nomeei na resposta para a primeira questão. Não escrevo pensando no número de leitores possíveis (talvez pense uma vez ou outra nos leitores impossíveis). Tampouco me interessa a busca da compreensibilidade imediata dos fatos mentais que derivam do meu trabalho com a parte mais misteriosa e indomável do ser, quanto ao hermetismo duvido que meus textos sejam herméticos, como os de James Joyce (um ilustre desconhecido do século 30), as referências utilizadas nos meus textos apenas estabelecem conexões com outros textos, e o que isto significa? Pedagogia e não Hermetismo, não escrevo textos burocráticos. Quanto à compreensibilidade, bem, no fundo ela não é um valor para a escrita, pense no Finnegans Wake e no Apocalipse de São João. Gosto de ouvir o som das vozes das pessoas que amo e Bach dentro da minha cabeça, também gosto de ler quadros esculturas. A experiência da leitura silenciosa dos quadros e esculturas de Farnese de Andrade para mim foi uma iluminação. Shakespeare, Homero, Cervantes, Camões e Dante, são nossos contemporâneos porque a humanidade não mudou, apesar dos "avanços da ciência", não passamos de Quixotes e Hamlets, seres em busca de Ítacas, perdidos em Infernos, Purgatórios e Paraísos criados por nossas mentes. Como diria Buckminster Fuller: Somos um pensamento do mundo e não o oposto.

Porque a autenticidade mais pura que prescinde até da nossa presença nasce da experiência da exclusão absoluta e convoca a destruição da vida controlada, essa que cantava como uma máquina a árvore do paradoxo apenas para completar em nós a falsa-paralisia do simbólico nome das coisas. Homem e mulher reféns desse irremediável tentáculo. A vagueza e a dispersão ofuscam os raios daquilo que podemos chamar de 'linguagem do real' ou 'afeto' onde existe um limite, uma fronteira, uma linha de opaciamento que só os mais raros atravessam, envolvidos por todos os raios, esses raros são aquilo que podemos chamar de 'aqueles que estão no centro de um deserto'o espanto aumenta a intensidade dos raios e a distância os torna visíveis, os limites diminuem a intensidade dos raios.

Diálogos Necessários

Matisse: A luz é um filtro
John Cage: Dos silêncios?
Matisse: Quase sempre
John Cage: De um tipo específico de silêncio
Matisse: A não-música?
John Cage: Sim, a música da não-música.

Dois sonhos com Rimbaud

Em um estúdio de TV: Marcelo Ariel: Você é colocado como um "poeta à frente do seu tempo". Porque permaneceu nas barbas de Verlaine por tanto tempo, ao invés de alçar vôos solitariamente? Rimbaud: Tentei morrer para o meu tempo e para qualquer tempo e encontrar o Eterno... Marcelo Ariel: O fato de ter abandonando a miséria e o meio literário pelo comércio de drogas e de putas no deserto, revela sua concreta descrença no ser humano naquele momento? Rimbaud: Sim, mas no comércio de drogas, armas e putas brancas encontrei um lugar mais verdadeiro e seres que carregavam dentro do olhar toda a tristeza do mundo, como os bois e os cavalos no meio literário só encontrei casulos ocos recheados de lama dourada. Marcelo Ariel: Acha que entrando no deserto físico, adentrou seu deserto interior? ou abandonou-o? Rimbaud: Acho, como você diz, que adentrando na materialidade do deserto físico encontrei um jardim de silêncio que acalmou a minha fúria Marcelo Ariel: Pagaria novamente o "preço" da própria vida (sacrificada) em prol de uma obra? Rimbaud: Sim se essa obra anunciasse algo sem nome, nesse caso não seria um sacrifício, mas a chegada da alegria como um fogo que devora tudo o que é falso e difícil de ser amado e deixa intacto em cada coisa um cristal de autenticidade. Marcelo Ariel: Se existia um mundo além das palavras para você, o que sonhava ou cria fora dele, do mundo das palavras? Rimbaud: O mundo além das palavras é a única coisa fora do sonho.

No porto de Santos: Jean Arthur acaba de descer do navio Ísis que desembarcou no Porto de Santos, ele passou a viagem inteira em silêncio, olhando para as ondas. A água pertence ao Sol. Ele pensou, mas ninguém era capaz de ouvir, o Francês continuou quieto apenas por dentro, olhando o mar e os pássaros e pensando na África que havia deixado para trás e nesta outra África chamada Brasil. Depois ele apontou para as malas e pediu para tomarmos cuidado com a maior, a mala azul, o Francês disse que ela estava cheia de areia da Abissínia. O que ele iria fazer com uma mala cheia de areia? Deve ser para esconder as armar e a munição pesada. Pensei, começou a chover forte e Jean Arthur olhando para baixo com era seu costume murmurou. O oceano não desiste. Com um gesto ele pediu fumo para seu cachimbo e com outro ordenou que todos voltassem para o navio.

Ela é o Sol do Sol

Era a claridade profunda do vento interior movendo as folhas da árvore... era o silêncio dentro dela como uma abertura radical para o outro lado da paisagem, o lado fora dos nome, ela disse isso com os olhos no lugar das palavras tentando cancelar o horror. Era a possibilidade de uma fusão de alma, vindo como a tempestade de significados, a última coisa que ele-ela viu foi um rio de Pirilampos e depois do filme do impossível chamando o poder da brisa oceânica através da fragilidade, tudo reunido num corpo vitrificado. Depois a meio a chuva foi aumentando e subindo para o alto, até o Sol.

Cena na Avenida Paulista depois da hiperinclusão suavemente inspirada em Mário Ferreira dos Santos

Mendigo 1: alguma coisa há, e o nada absoluto não há
Mendigo 2: o nada absoluto por ser absoluto nada pode
Mendigo 3: prova-se mostrando e não só demonstrando
Mendigo 4: podemos exemplificar da seguinte forma: se alguma coisa não há, teríamos o nada absoluto, o que é um absurdo: logo alguma coisa há
Mendigo 2: o nada absoluto é a contradição contida na frase: alguma coisa há
Mendigo 1: dizer que há o nada absoluto é dizer não há nenhuma coisa e isto é contradizer-se ao afirmar que alguma coisa há
Mendigo 4: o que há é e o que não há é não-ser
Mendigo 5: alguma coisa é uma verdade ontológica
Mendigo 1: alguma coisa existe
Mendigo 3: o nada absoluto nada pode produzir
Mendigo 2: alguma coisa sempre houve, sempre foi e sempre existiu
Mendigo 5: entre ser e nada não há meio termo
Mendigo 1: o ser não pode ter surgido subitamente pois sempre houve alguma coisa
Mendigo 5: o que tem prioridade é alguma coisa
Mendigo 2: o que tem prioridade é afirmativo, logo se o nada absoluto tivesse prioridade não seria nada absoluto pois seria afirmativo

Mendigo 5: a dúvida humana afirma
Mendigo 1: sim, mas a dúvida absoluta é impossível, a afirmação tem de preceder necessariamente a negação
Mendigo 3: a negação afirma a afirmação
Mendigo 4: a negação absoluta por sua vez seria a afirmação de algo, a negação é sempre afirmativa, seja de que modo for
Mendigo 1: o ser absoluto é apenas um e só pode ser um, se existisse outro ser primordial, ambos seriam deficientes e o ser seria deficiente
Mendigo 5: o ser é, pelo menos, de certo modo, absoluto e infinito
Mendigo 3: por isso é impossível que o ser esteja isolado pelo nada
Mendigo 6: o ser absoluto é absolutamente simples e toda realidade possui o ser da mesma maneira que possui a unidade pois todo ser é unidade
Mendigo 7: mas a unicidade é incomunicável e o ser afirma-se por si mesmo
Mendigo 1: o ser é verdadeiro
Mendigo 4: no vazio absoluto os átomos não poderiam mover-se
Mendigo 5: O que comprova o absurdo da entropia

Roteiro para um impossível curta-metragem

Luís Buñuel sonha que está parado dentro da névoa e
um anjo aparece vindo do nada:
Buñuel: um anjo? que merda...
Anjo: ainda não, meu nome é Vulnávia...
Buñuel: e estas asas?
Anjo: são de sonho como o seu corpo, você têm fósforos?
Buñuel: para que você quer fósforos?
Anjo: para queimar a névoa...
Buñuel acorda e descobre que está quase-cego.

ELES ERAM...

Eles eram como nuvens
de sangue
dentro do sonho
Havia uma tela no início
e ele estava perto de desertar
do sonho para o infinito efêmero
das imagens fixas
que escondiam algo
ele havia sonhado
que era uma bala perdida
e acertaria seu próprio coração
dez anos depois
como num conto
argentino
ou tcheco
havia um padrão
dentro do sonho
criado pela impossibilidade
de ver a si mesmo
ele era
como um pássaro
transparente
voando
na direção
de um céu
de carne
com ossos
no lugar

de estrelas
a bala havia
perfurado
seu tórax
ele ouviu
o enfermeiro
cantar
essa ária
para o médico
de plantão
na medida
em que a morte
se aproximava
ele ia se esquecendo
do seu próprio nome
e desertando de dentro
do sonho
o fundo branco
das paredes
mudava
para prateado
de acordo
com a intensidade
do som
de um oceano
cada vez mais perto
perfurando seu pulmão
ele ouviu sua voz
misturada
com a voz de
seu avô
dizer a fumaça
oceânica

haviam
duas águas-vivas
grudadas nos seus braços
e uma arraia
no teto
flutuando
por cima
de seu corpo
dela
saiam
orquídeas
vermelhas
que ficavam
paradas no ar
estas flores
são o tempo
ele se ouviu dizer
e depois
acordou novamente
dentro da água.

Sobre a morte de Mário Cesariny

Que cadáver? O Cara sempre foi um cachorro-orquídea que vomitava anti-matéria. Parece que foi ontem que Mário de Andrade deu um tiro na cabeça, depois do fracasso de sua maravilhosa seita que cultuava a contemplação do bote do jacaré, parece que foi ontem que com o fim da ditadura de Santos Dumont, a sede do governo foi mais uma vez transferida do Alto do Xingu para a favela dos Jardins em São Paulo, parece que foi ontem que a presidenta Sacha Meneghel foi eleita com 58% dos votos, apesar das denuncias comprovadas de compra de votos da bancada psicodélica, parece que foi ontem, que li numa nota de jornal ao lado dos necrológicos que Mano Brown foi eleito para a academia brasileira de letras na vaga de Maitê Proença. É parece que foi ontem, que aquele meu amigo escritor Marcelo Ariel, explodiu seu corpo no Cristo Redentor danificando parte do dedão direito da estátua. É, eu não me lembrava mais desses dois.

Aqui se dá a recuperação da graça através do ocultamento

Como se Simone Weil, Bashô & Bresson se encontrassem pelo 'lado de dentro' da imagem. O respeito pelo invisível e sua delicadeza. O mistério do ocultamento) O lado de dentro do ser é o lado de fora da imagem. A vida preserva a delicadeza desse mistério. Ali onde o outro pode respirar fora do deserto escuro das nossas certezas'] será possível um reencontro com o Mundo?

A situação em rede

Estive anteontem na maior favela de Cubatão-SP, a Vila Esperança, fui lá vender meu livro TRATADO DOS ANJOS AFOGADOS e um menino de aproximadamente 14 anos que estava ouvindo funk e segurava uma pistola semi-automática ao ver a palavra poeta escrita na contracapa do livro, me disse:

-Ah, mas o maioral da poesia é o Mano Brown, tá Ligado?!

Concordo com o pequeno soldado do Hipercaos, Mano Brown é o "Lula" da poesia contemporânea e isso não deve ser lido como um elogio, mas como um sintoma. Para encerrar ouso afirmar que meus poemas, não estão fora desse mapa da esfinge raquítica e de suas perguntas-problema. Na verdade não existem "os meus poemas" apenas os seus...
E quando a esfinge raquítica lá na Vila Esperança perguntou meu nome, respondi:

-Meu nome é Ninguém, agora me diga, desde quando os mortos costumam andar por aí de arma na mão?

O silêncio é como a água

O anseio de transcendência e a avareza caminham lado a lado, afetividade e desejo de distanciamento caminham lado a lado, eis o Speculum da comunicatividade que podemos ver em cada rosto que se aproxima, mas não o suficiente para o mergulho-dissolução nos cafés Buda ou Jesus, ambos cada vez mais longes das religiões que utilizam seus nomes-marca para algo menor. Uma coisa curiosa, ao ter meu perfil clonado fora do espelho, no percebi as relações entre a tecnologia da comunicatividade e a vida das Amebas ou melhor, com uma espécie de fantasmagorização interior da vida das amebas. O Silêncio é como a água, sempre provocando em nós a sensação de impermanência e suave afastamento, como em Rimbaud como em Saint John Perse. A água é a materialidade do espírito respirando em uma interioridade-exterior. O silêncio é como a água e para tentarmos abraçá-lo, inventamos o fracasso da música que é apenas uma maneira de deixar que sua essência de água nos escape e retorne para um alto e invisível oceano.

Gus Van Sant caminha por uma rua da Palestina após haver filmado RIMBAUD NA ABISSÍNIA

Gus Van Sant: A imagem cinematográfica como uma poética da sensação do tempo nas bordas do contorno ontológico-proustiano.
A lingua das árvores é um diamante de silêncio, ontem ele estava ensaiando uma cena mental como no ENCONTRO EM HARAR e de repente, as esculturas de silêncio se convertem em vida.

Em O ELEFANTE isso aparecia no céu, como a cabeça explodindo aparece em um borrão no papel fotográfico, pontos escondidos onde eu deveria ter usado aquele verso de Sílvia Plath: "love, love my season..." Deveria ter usado isso em Last Days mas a literatura vai mais longe e ultrapassa o cinema porque essa coisa é invisível como a morte.

Carta para Rilke pensando em Rimbaud, seguida de uma misteriosa resposta.

Como despertar desta 'juventude verbal' entre sombras se o meio que irradia dorme entre o fantasma de carícias quietas? Se a vida é este livro do qual leremos somente a metade? E quase sempre nos escapa a felicidade detalhada de modo insuspeito em suas páginas infinitamente escritas de modo amorosamente incompreensível. Mas esse é o estado ininteligível do amor e jamais poderemos querer outra coisa tão disfarçada e secretamente contida em todas as outras,

com sua face de abandono cercado de renúncia a si onde fica claro o texto das coisas,e a errância do entresonho cercado de mil sonos...

Um garoto-garota fuma maconha, uma menina ri como quem chora, todas estas doces e sombrias forças que dormem, deitado na areia, um apóstolo desarmado por dentro e bem perto, caminhando perto da espuma, uma santa nua como uma sonâmbula e todos contendo em si uma queda.

Você o disse de modo nítido: "Sil l'on renonce à vivre, sil l' on renie ce qui était et ce qui peut arriver,"

E esse espaço contrangélico do qual tu falavas constantemente, quando ele será outra vez uma festa móvel para os que o sentem em toda parte?

Quando ele se converterá em tempo e depois em espaço sem tempo?

Sim, concordo contigo toda vida é vivida, mas jamais saberemos Quem a vive no final do dia algo se volta para dentro e se fecha como uma rosa de névoa na nuvem que desce, tocando o esplendor da infância, intenso como o verão, enquanto no lado de fora dos nossos olhos os reflexos em volta de um manto azul que sobe em plenitude, dentro dos olhos se dissolve e vai para onde vai a música das coisas que não podemos ver... Por que só podemos ver "um agora de cada vez' e por que se afasta levemente, para o mais alto, no horizonte da infância, Topologia dos Poemas? Sim, na fonte antes do pensamento.

Uma antiforça ligando dois textos desse livro

É claro, conservaremos a convicção de que nossa faísca de humanidade acende tua luz Nós estamos tão bem escondidos de nós mesmos que você precisa dessa lanterna. Isso é um pouco humilhante, mas nos reconforta sabermos que o centro do nosso ser não está totalmente perdido se tu o encontrares mas nós te encontraremos antes. Ontem fui ver Paranoid Park, Gus Van Sant literalmente 'esculpe o tempo' neste filme onde as auras de Dostoiévski, Tarkovski e um blues onírico com as imagens de skatistas fazendo manobras na Praça Roosevelt se encontram e se fundem. Tom Jobim como se imerso em um cubo de trevas de onde precisa mergulhar em um bosque oceânico para encontrar as luzes mais profundas para iluminar os altos sentidos de uma beleza tão óbvia que é quase invisível. A Beleza do Brasil.
A materialização de um furor abstrato misturado a um sentimento de fracasso e perda, perfeito para qualquer poema de Emily Dickinson. Eles possuem intensidades de fuga muito parecidas.

A linguagem foi criada para fixar a vida,

mas ela não consegue fazer isso, ela apenas cava a aura da vida, sua aura de acontecimento puro imune a eventos e outras simulações, embora cave fundo e incessantemente, a linguagem jamais encontra um centro ou essência da vida para fixá-la em seu corpo de signos e sons. Por isso não acredito na linguagem como um lugar que será um dia visitado pela vida ou seja pela essência do acontecimento, mas apenas como uma ponte utilizada pelos que se afastaram muito dela por dentro para tentar atravessá-la
e vê-la ao mesmo tempo, enquanto outros se afastaram muito dela por fora, para tentar atravessá-la e controlá-la ao mesmo tempo.
Ambos fracassam, seja lá o que fizermos sempre estaremos nos afastando da vida por dentro ou por fora e estamos todos em cima dessa ponte erguida aqui sobre o rio morto das coisas-mercadoria, de um lado os escravos-fantasmagorizados por seu próprio reflexo gravado nas águas do rio morto das coisas mercadoria se encontram conosco, nós os enfeitiçados e domados pela mistificação da linguagem significando morte, passamos pelos escravos presos na ponte, que para nós é apenas um local de observação, nos movemos por dentro através da ponte, estes fantasmagorizados passam por nós indefinidamente e nós ficamos ali como sementes, até que o silêncio e a morte unem as duas margens do rio, cancelando a ponte e finalmente fixando a vida em algo.

Sobre a Morte

Antes eu era enganado pelo aspecto eufórico da minha sede de amar e ela me conduzia a maravilhosos fracassos e aí fui me interiorizando para fora e as coisas se adensaram em mim como uma serena noite, mas você nessa noite é como uma pequena estrela em um horizonte que não se afasta, uma estrela que mais-do-que-ver sinto como o canto dos pássaros. Ontem estava sonhando com o vento nas árvores você e o vento nas árvores, de mãos dadas para cancelar o horror, inaugurar
o novo sentido para a escuridão de uma longa noite:
'Amanhecer bem devagar'
é o nome da canção dentro do sonho onde nossa voz em sua hora obscura e secreta
além da temporalidade triunfa cantando a imagem que nos fará despertar Nós,ss mortos do futuro, entre as imagens e a memória, escolheremos as imagens. Nós, os mortos do futuro não saberemos ser livres. Não saberemos que estamos mortos como as crianças, não sabem, que são crianças, como uma árvore, não entende o fogo, Nós, os mortos do futuro, continuaremos a jogar, o jogo, até sermos mortos de novo, porque é preciso matar os mortos outra vez, vencer os mortos e etc...

O amor em oposição à impossibilidade do diálogo

não se nutre das noções abstratas do outro construídas a partir do que podemos chamar de absolutismo do imaginário-nomeador, ao contrário, ele se inicia quando no autêntico encontro com um rosto humano todos os rótulos são retirados e o rosto do outro pode ser visto num vislumbre como parte-do-ser-equivalente-ao-misterioso desconhecimento-do-mundo ou seja o outro sem rótulos e sem nome construído pelo êxtase-aniquilamento do tempo é o vislumbre-vertigem da Alma como um surto do mundo e vice-versa.

10 aforismos para Franco Bifo Berardi

1.
A sensibilidade existe para que possamos compreender a ambiguidade do véu, onde os estados se misturam formando o tempo não-cronológico

2.
Como entre os Icamiabas, o passado está diante de nós, no lugar do futuro e o futuro atrás de nós, onde anterioridade é interioridade

3.
Nos movemos e tudo para, ficamos parados e tudo se move. Na compreensão da ambiguidade: transcendemos as dualidades

4.
Existe autêntica força na doçura e vitória na rebelião através da poesia, práticas poéticas imantam práticas políticas, se a multidão desperta.

5.
o corpo corre devagar na direção de inúmeras autonomias inomináveis, assim irradia um logos que é eros e não pode ser capturado pelos símbolos do poder porque converte energia em tempo

6.
A multiplicidade e riqueza ontológica da feminilidade que está em nós é indomável.

7.
As éticas da amizade irão superar as leis do mercado

8.
Se você não tem tempo, não tem mundo

9.
O conhecimento do outro se dá em um campo conjuntivo imanente e híbrido onde as projeções falham e os símbolos são infinitos

10.
Respirar e ver são erotismos profundos, ninguém respira junto, todos respiram unidos em suas ambíguas e sensíveis singularidades poético-erótico-musicais

De uma carta de amor

Sua carne é uma estrela enterrada no não-ser deste sono
que se agita como o mar quando a angústia grita sua cor
que cega para o futuro. Basta olhá-los de perto
para que se espreguicem e se levantem
por dentro ou tocá-los com o pólen da memória
para que suas lágrimas cantem para o instante do esquecimento
e se os vemos dançar de costas para o rolo compressor do tempo
ou sorrir para o cadáver da luz geral, o que podemos fazer
senão abrir os nossos que também cantam
como um fósforo aceso dentro do vidro de um poema
Que ela certamente abrirá para colher
o silencioso triunfo de uma rosa
de sal na água

A névoa dentro da nuvem

Ele não era como seu irmão que oscilava entre a coragem de enfrentar o absurdo com ironia e medo da loucura, ele era um blues ambulante, a diferença entre as duas coisas era sutil, Devir-Jonas, Devir-Baleia, poderia ficar séculos falando sobre estes outros sonhos esquecidos, ele pensou, ontem sonhei que estava saindo de um sonho hoje e Deus aparecia no banheiro feminino e dizia sem voz: EU SOU RAMAL. ESQUEÇA A AMÉRICA GLACIAL, A MORTE SERÁ O ATAQUE DA NÉVOA DENTRO DA NUVEM e em outro momento da lembrança do sonho. Deus aparecia no meio da copa das árvores e tinha a voz de Milton Nascimento. A MENTE É COMO UM COPO D' ÁGUA NO FUNDO DO OCEANO. Deus cantava no centro de um rio repleto de Vitórias-régias. Havia o outro sonho onde Jonas acordava na cama do Hospital-carnavalesco e havia A NÉVOAFLOR. Sou uma espécie de semi-escuridão. Ela disse, repetindo os sinais da sua quase-presença. Xará, não vou me livrar da metafísica tão cedo, também não vou matar o Pessoa dentro dos meus latidos, álias preciso matar de novo aquele Heidegger, como disse o meu amigo Lúcio Flávio é preciso matar os mortos outra vez ontem mesmo descobri outra pessoa viva dentro de mim, descobri que o centro dos poemas que estou escrevendo é aquele diálogo-interno escrito pela Alejandra, o centro e uma tempestade que me duplica para aquele deserto do W. Faulkner (Entre a dor e o nada, prefiro o nada). Outro dia o cão me disse que a rede interna (internet) criava uma ligação ente todos os limbos formando um HIPERLIMBO, eu não sabia se o cão estava descrevendo a rede interna ou a externa, o jardim costa silva e a vila esperança inclusos a avenida paulista e higienópolis inclusos e etc...

Depoimento-poema de Yasunari Kawabatta

Yukio Mishima possuía como um 'Dibuk' o corpo de Kimitake Hiraoka e tinha o hábito de caminhar dentro do jardim de crisântemos em sua memória, onde um vapor amarelo se desprendia do cadáver de sua mãe...
Com o tempo a possessão se converteu em fusão e Mishima decidido a ser uma espécie de Ícaro, fabricou para si um par de asas com espadas e tentou voar até o Sol interior do corpo, onde o tempo pode ser vencido dentro do sonho.
Ao tocar com suas mãos cheirando a crisântemos neste Sol
ele caiu e suas asas feitas com espadas ao se soltarem de seu corpo deceparam sua cabeça mas Mishima ainda teve tempo de gritar seu verdadeiro nome para o Sol que por sua vez estendeu seus braços de estase até ele e disse:

A literatura é o mundo do demônio, a vaporização e centralização do eu
em tudo é o limite, para o pássaro esquartejado pelo 'poder oceânico' da noite onde estávamos 'fora do corpo' o tempo todo esperando aquela criança cantarolando no escuro para tentar impedir os enforcamentos topológicos.

"Oh, morte, oh, cobiçosa, oh, ávida ladra, por que não tens compaixão de nós, ao menos uma vez?"

Esse apelo-pergunta do final do livro de Isaac Babel. sempre me devolve ao abismo sem solução da minha infância... Li esse texto há mais de dez anos, quando voltava do enterro da minha mãe. Babel naquele momento, ampliou meu luto e o transformou em um patético e absurdo luto pela humanidade inteira e principalmente por mim mesmo... E esse luto é o centro de tudo o que escrevo... esse luto e a frase 'Não acredito na humanidade e em seu Carnaval triste'. Álias, abdico de ser humano. Quero ser o último tigre branco atingido por um míssil. A última baleia afogada no petróleo. A última flôr do Ártico...

"Por que escolhi o abismo? Eu pertenço aos céus... Se não fosse assim por que os céus me olhariam como me olham agora"

Sim tenho algumas lembranças felizes que são agora menos que um sonho, diante do poder do tempo, todas as lembranças serão uma piada do pó contada pelo vento... em algumas dessa lembrança me vejo na fazenda de café do pintor Mabe. Tinha 25 anos e o Brasil visto da fazenda do Sr. Mabe me pareceu um lugar lírico e irreal... voltei anos depois para ver o carnaval e o país havia se transformado em uma cena do purgatório, onde os mortos festejavam a própria morte em uma missa de corpos suados gritando, hordas de crianças selvagens cantavam hinos que exaltavam a alegria dentro do desespero... por mais que procure jamais encontrarei as palavras exatas para descrever o carnaval e suas hordas aterrorizadas péla alegria, mas é exatamente isso que quero lhe dizer Sensei Kawabata, Não podemos encarar a morte como uma derrota mas como algo que podemos sentir no vento e nas ondas do mar, antes mesmo de termos contemplado pela primeira vez o oceano no Crepúsculo no instante-êxtase em que morreremos o sangue sorrirá como os rostos dos carnavalescos... por isso não tema amigo como disse Epictecto o dia que tememos como o último será apenas o aniversário da eternidade

O Não em oposição ao jamais

"não saberás quem pronunciará o teu nome

quando o caminho desejado for por todos desconhecido
seguirás, extraindo dos abismos as gargalhadas
tua loucura misturando-se com a tarde
e na montanha em forma de crânio – belvedere de gritos
os teus outros eus, elevados
anunciarão a morte do silêncio."

Camila Vardarc

Em uma festa dos anos 60,70,80 e 90 em Cubatão pude comprovar a eficácia da nostalgia como uma forma de suicídio simbólico de toda uma geração de vapores humanos ainda não atravessados pela luz do agora, antes um zumbi fosforescente do mundo das compras havia me dito: "seu discurso é evasivo" e acordei sem eu no meio de uma multidão sonolobotomizada por um telão que exibia o enterro de michael jackson ao som de "ursinho blau blau" de Silvinho e no corredor dos fumantes uma modelo da Fiesta (da revista Fiesta) me perguntou se eu queria: "dar uns tirinhos" obviamente tudo era como nunca e eu não havia acordado do apocalipse sem now da máquina de desintegração.

O estranhamento do poema

O poema para mim é este lugar onde o tempo pode ser alterado, é um *Morro dos Ventos Uivantes* criado pelo entranhamento **fundado pelo deslocamento**, onde o corpo atua como uma *metáfora do atemporal.* Não cometo a parvoiçe de esquadrinhar o poema dentro de outro lugar que não seja este campo das metáforas vivas que promovem este deslocamento ôntico do *ser-para até o ser-no*, afinal ele é um modo de habitar **o tempo do presente e o da presença** *por um poderoso entranhamento/onirismo* capaz de deslocar a parte do espaço que se reconhece em si mesma com a força de um beijo para algum lugar que é simultaneamente dentro e fora do mundo.
Há a força da gravidade que puxa para baixo para a qual o único contraponto é o enfrentamento da morte, do Sol. Sei que muitos anjos-lêmures-humanos pensam ser o oposto: *escrever O POEMA mas os espaços em branco que são como os espaços em claro da insônia formam uma tessitura feita com fios da não-palavra* **estes que usamos para construir o 'cantamos não para as pessoas, mas para o espaço entre as pessoas'**

Somos feitos de luz que não se vê como luz e projecta uma falsa separação entre ela e a luz, é facto que entre a exterioridade das projeções e a interioridade da energia que projeta não existe separação.

DESPOSSESSÃO E ATRAVESSAMENTO

O sistema político partidário não é o sistema político, é apenas parte dele um ex-presidente condenado por um juiz baseado em capas da Revista Veja e matérias da Rede Globo é um arabesco. o Plotach é uma estratégia do Dibuk do Poder formado por fragmentos por devires vibracionais de Getúlio Vargas e Antônio Conselheiro deslocados trata-se mais de um modo conciliatório de governo que leva em conta o ser atravessado por demandas de escutas excêntricas do que da criação de novos paradigmas, mas isso já é um avanço enorme * a administração da miséria ética versus a administração da miséria física ou o fascismo ou o messianismo * Gláuber já cantou essa bola

Olho o lago com a água semiparada das ontologias truncadas estou em um exílio voluntário no deserto *media class* de São Paulo, exílio é uma das exigências da negociação criativa para adentrar no clube inclusivo que está no lugar do mundo ou como diz meu amigo de longe JP 'não seríamos mais aristocratas do poema , nos tornamos mais um e não nos sentimos melhores do ninguém e isso é um ganho ético real' é um campo de mediação e também de negociação, um campo híbrido de onde vemos o fora por dentro com a disposição de perder todos os centros em nome de uma paixão objetiva e suave pela vida comum?

De qualquer modo a água do lago reflete o céu, esteja ele cinza ou azul são eternas instâncias efêmeras

O capitalismo e suas irradiações surmetafísicas : as tecnociências devem durar mais mil anos mas como diria um advogado leitor de *Ovídio Ad impossibilia nemo tenetur*

O cinema

Rimbô: A fé queima tudo menos o silêncio

(Não A-tor sentado em uma cadeira em um lugar que simula um deserto, mas lembra a avenida paulista)

Himbaud: Gostaria que você falasse minha língua e não a língua dos escravos...

Cruz & Souza: A língua do dinheiro?

Rimbô: Sim, mas agora é tarde demais para voltar a fazer aquilo, o lixo que você chama de poesia. O lixo da Alma

Cruz e Souza: No dia seguinte ele terá fé, isso é como se o brilho do Sol cintilasse sobre uma fina camada de gelo

(Não Ator acende uma vela, a coloca na cabeça e mergulha na piscina)

Ivo Barroso: Mas Jean Arthur era orgulhoso demais, cético demais, enfim, ele era jovem e não conseguia desprezar as palavras, isso que ele chamava "lixo da Alma"

Rimbô: Por outro lado ele não conseguia perceber que a fé nas manhãs africanas era uma máscara da santificação do mundo.

Gill Scott Heron: Como é estar preso no Metaxu da interzona, meu caro?

Rimbaud: As próprias imagens são ruídos do sagrado, por isso é necessário abrir mão do enredo em nome das visões mais longas.

Gill Scott Heron: E esse papo de ser uma griffe das semi-transcendências, cara?

Rimbaud: Ao descermos em nós mesmos encontraremos nossa A-morte se multiplicando através do atravessamento, todas as coisas são pontes que levam para Áfricas imanentes e Amazonas interiores.

Gill Scott Heron: Para mim a prisão equivale a isso.

Rimbaud: Talvez só seja assim a partir de um certo ponto, onde os monastérios sejam como a ponta de uma pirâmide ou o interior de uma árvore sêca.

Gill Scott Heron: Você sabia que eu recebi o R. A. P. e o aprimorei até uma poética dos abismos da jazz improvisation?

Rimbaud: E eu inventei o cinema.

Comentário a respeito de uma recém-encontrada foto de Rimbaud

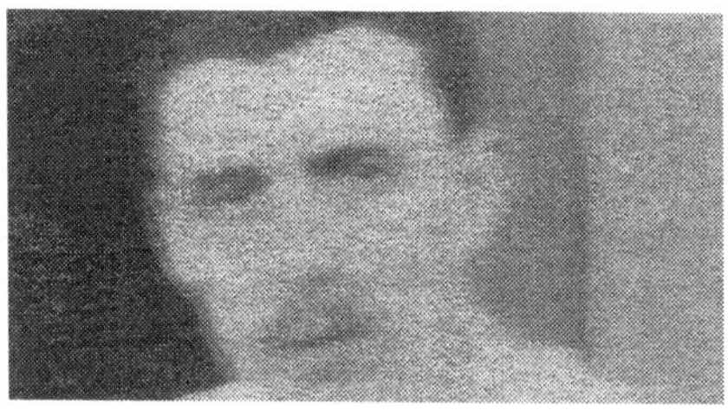

O que vemos nesta foto recém descoberta de Rimbaud é um olhar muito parecido com os olhares de Marcel Proust e de Thomas Pynchon, Rimbaud talvez tenha se sentido enojado com a mistificação da figura do escritor, hoje ele é um dos ícones dessa mistificação, em vida foi uma espécie de hierofante do mundo das visões, coisa que não pode ser confundida com os atuais profetas laicos do mundo das imagens, as visões, principalmente as visões epifânicas, as visões interiores, estão no mundo ontologizado e são a gênese dos mitos (não da mistificação) e o mundo das imagens, está em um Atopos misturado a uma espécie de lixão metafísico da vida cotidiana, nas visões existem profundas estruturas de conhecimento que podemos chamar de poético e profético ao mesmo tempo e nas imagens existe apenas a possibilidade de comunicação, as imagens são a anima da internet e as visões formam (como sonhavam os gregos) a alma onírica do mundo. Existe uma opacidade delicada no olhar de Rimbaud, nesta foto, típica dos lords ingleses do período da colonização da Índia, estamos no terreno da subjetividade e esse olhar poderia pertencer a um garçon de um restaurante da avenida paulista ou a um dervixe. Talvez Rimbaud tenha tentado a fusão impossível entre a vida prática, seu Hotel das imagens e sua neutralidade veloz e a transcendência atemporal do mundo das visões místicas.

Num domingo infinito

Cubatão - Zona Metropolitana de Santos, Brazil. A escola de samba, Unidos da Vila Eterna que reúne todas as 312 comunidades da Serra do Mar, apresenta o enredo "Blade Runner" e o destaque é carro alegórico "Zona Industrial", uma enorme chaminé que se abre e de dentro dela saem 299 palafitas e um sol formado por 1. 900 metralhadoras. Dante (na imagem tirada a partir do cérebro de Michelângelo) é ainda a referência & lugar possível do convívio com o sentido da literatura, já o era para Baudelaire, na cena do filme estático de Michelângelo, vemos sua figura tomada por um furor que a princípio parece "melancólico", talvez seja o furor do fogo imóvel da rosa vermelha de Novalis (ver Bachelard, A psicanálise do fogo). Não me espelho em nenhum escritor contemporâneo brasileiro, não é possível nenhuma transmissão da lâmpada com estes (em sua esmagadora maioria) Pavões sem rabo, principalmente com os pavões sem rabo da poesia sem experimentação, neles o "acordados" (um lugar chamado Bliss) foi substituído pelo acordados das panelinhas & mafias do poder literário, jogos de fumaça da vaidade, acreditando em inspiração e em talento ou seja em atenção concentrada e trabalho intenso, fui convidado a ministrar uma oficina literária e deverei falar durante 15 anos (é a duração da minha oficina, na verdade uma oficina de silêncios) sobre a metafísica do palito de fósforo aceso e sua relação com o O evangelho segundo São João em Iorubá. O

outro tema seria Rimbaud & Gláuber Rocha, mas esta dura 5 anos e só pode ser feita no Haiti.
Fugi do tema, mas esse tipo de humor é a única arma contra a demarcação territorial (territorial pissings) de classe. "Ou a morte ou o tempo, um dos dois não existe", sussurram as Harpias na passarela. E a Praça sem tempo ao Sul do Paradiso, não consigo encontrá--la no Google Maps.

Blue /Bliss

Ficar em casa lendo é uma utopia muito blue (Ver Emily Dickinson) encontrei uma cópia de Lust for life na barraquinha dos camelôs que em Ozônia são chamados de "Do Paraguay" algo sem nenhuma relação com o país em si (pausa para ouvir Yon Lu cantando Suicide Song) ecos de Nick Drake em Van Gogh e por aí vaí Isto está ficando cada vez menos inteligível
(citação óbvia do melhor disco do Arnaldo) ah, o pássaro com asas na cabeça não sabe voar, ninguém sabe viver mas o the best of é a frase de abertura do épico interior do Adorno: A vida não vive também é outro pássaro.

A esperança

Existe mesmo um conflito infernal entre a gratuidade do afeto (uma das utopias mais comuns) e a esfera dos negócios que envenenou a vida do espírito humano, estava pensando no futuro e em outras promessas que não poderemos cumprir. Ontem terminei de ler o Palmeiras selvagens (Wild palms) do Faulkner e ingenuamente descobri que o final do filme Casablanca do Michael Curtiz se comunica com o final do Wild palms. Será que Gláuber Rocha descobriu estas e outras conexões e por isso cogitou filmar Wild palms em Hollywood? Talvez a história da arte seja feita de promessas não cumpridas, como o filme americano de Gláuber e etc...

Sim. A luz é uma flor do indizível

e haverá sempre um copo d'água no fundo do oceano do nosso olhar. Podemos imaginar uma orquídea no lugar da alma e um monte de terra no lugar do corpo... Ainda assim... O Indizível nos escapa. Quando a ROSA DO REAL se abrir não estaremos mais aqui... Até lá podemos imaginar nossa própria ausência mas isso não basta para acender em nós essa superluz. Sim. Há um esfriamento das camadas interiores. Um reforço da blindagem psíquica. Um culto à Nostalgia do presente onde somos constantemente assassinados por todas as esperas. Envolvidos por esse casulo-sono onde também dormem o Harry Haller de 'O Lobo da estepe' e a Nastássia Filipovna de 'O Idiota'. Os dois seguram as mãos de Cristo que tranquilamente sorri para as ossadas...

Ao dobrar a esquina

minha sombra quis
me abraçar
como uma peça de roupa
cansada de ser usada,
a luz me disse
que eu além do corpo
estava;
Pelo quarto
de um lado para o outro
os loucos berram
como aves
no corredor do futuro,
eles gritam:
- Não devemos
fazer o visível
murchar.
&
-Devagar com os relógios.
enquanto minhas mãos
roubam o movimento
das asas
para criar um abismo.

Silêncio em escalas

Thomas Pynchon: Existe realmente alguma diferença entre pensar e escrever?
J. D. Salinger: A mesma que há entre uma alegoria e uma metáfora..
Thomas Pynchon: A coisa toda acaba se transformando em uma mistificação dos infernos..
J. D. Salinger: Se ISSO acontece a culpa não é nossa.. Escrevemos para tornar ISSO nítido.. Mas a literatura sempre correu o perigo de transformar a presença do mundo em algo totalmente subjetivo
Thomas Pynchon: Isso não é culpa da literatura.. É um problema metafísico..
J. D. Salinger: Foi exatamente o que eu disse.. Seja como for a literatura que realmente importa é a dos autores anônimos que escreveram os livros sagrados.. O meu predileto é o BARDO TODOL. Já leu esse?
Thomas Pynchon: Já.. É como Lewis Carroll sem Alice..
(Silêncio)
J. D. Salinger: O que você busca?
Thomas Pynchon: Não sei.. talvez o espelho da quimera.. e você?
J. D. Salinger: Nada..
Thomas Pynchon: Então você não está em busca de uma simplificação purificadora.
Thomas Pynchon: Nosso tempo acabou.. Faça uma última pergunta para si-mesmo.
J. D. Salinger: Qual é a relação entre todas estas realidades entrelaçadas e a infância infinita do Dharma

O espírito dos butoístas

Em encontro com o dançarino de Butoh, Tadashi Endo, ele me disse algo sobre vivermos no "Spirit of Butoist" se referindo certamente ao lugar dos poetas no útero do mundo, realmente desde uma parceria há alguns anos com Flávia Pucci, de um encontro (também único) com Kazuo & Yoshito Ohno no Sesc Santos, me sinto muito próximo do Butoh, como um modo de viver o poema contínuo. Tadashi explicou em sua aula e isto me foi narrado por Lila, minha parceira e amiga, que existe uma distinção entre o dançarino de Butoh e o Butoísta, a pessoa que de algum modo, vive o Butoh. Realmente jamais saberemos o que é o Butoh, embora saibamos com os orgãos quando vemos uma verdadeira dança Butoh, do mesmo modo, podemos reconhecer um butoísta, assim que o vemos. A delicadeza e o firme equilíbrio destes seres no mundo, a intensidade e o paradoxal movimento poético de suas vidas vividas no fio que desenha a forma, mas não a limita, a corajosa imersão no abismo oceânico da sensação do poema como coisa e de sua urgência como um exercício inadiável e uma busca, um caminhar num terreno pedregoso que esconde finíssimos galhos de árvore floridos, sem quebrar os galhos, nem machucar os pés com as pedrinhas pontiagudas, a vida vivida como uma metáfora do êxtase sutilíssimo do encontro, seja com uma pessoa-cãozinho, com uma pessoa-nuvem branca de outono, com uma pessoa-copo d'água, com uma pessoa-sereno da noite ou com uma pessoa-diante-de-nós, seja ela quem for, um butoísta a considera como um caminho a ser percorrido até o lugar do poema

Redes internas

O tempo-eternidade parece estar em oposição com o onirismo sutil da Internet, percebo que ambos são capazes de diluir o tempo cronológico e esta insurreição essencial criará espaço para o triunfo do tempo-eternidade sobre todos os outros tempos, nesse momento, será possível a migração dos mecanismos do sonho para o cotidiano sem o uso da tecnologia alucinatória ou da manipulação bioquímica das drogas.

(Infinito)

A dimensão do entre é onde se dão os encontros dos corpos de todas as coisas com o humano delas, corpo-lugar que recebe o canto-reza da palavra e do silêncio, entrecorpos da visitação das vozes do visível e do invisível que entram em estado de transe no corpomundo onde noções como dentro e fora são insuficientes, tudo começa e termina no transe do corpo, o entre é o entre do corpo, o entre dos diálogos e entre da amizade das coisas pelas coisas. Por isso é importante se abrir para a desnomeação, desterritorialização do corpo como ente transcedental, para o estudo dos processos de imanência. Para o diálogo em todas as suas formas como relembramento de vivências e experiências de alteridade radical e como cartografia para além das categorias, para a phala do corpo, a pulsação do corpo, este índio da tribo do sopro das energias. Os poetas estão no mundo como índios, como loucos que são índios psíquicos, como crianças que são a materialidade ontológica da dimensão do entre, crianças estão entre o onírico e o sagrado, entre o animal e o anjo, entre o éden e a árvore no meio da névoa-nada. Podemos dizer que as subjetividades ocidentais não servem mais para o poema. Que Artaud é o Moisés e o corpo e a montanha, a estrela e o céu são a mesma coisa. Que a única fronteira que ficará intacta será a fronteira do estranhamento, fundada pelo poema, a fronteira entre as limitações da língua e as descobertas da linguagem que avança para o sonho, para o indefinível, para o inominável, que avança para o mundo. Aquilo que Clarice Lispector quis dizer com 'A descoberta do mundo' é o que está prestes a acontecer, não o fim, nem o começo, a descoberta. Agora uma epígrafe fora do lugar, um fragmento de Rimbaud, do uma iluminações recriado por mim, do poema 'Com vinte anos'

As vozes que ensinam todas exiladas. A ingenuidade física, material guardada com uma amargura, uma angústia contida, pausada. Agora o Adágio, Ah, o egoísmo infinito dessa adolescência, o otimismo pesquisador: como era repleto de flores o mundo naquele verão! Formas e espirais no ar, um verdadeiro coro, para acalmar a impotência e a ausência! Um coro de melodias obscuras como vidros... O fato é que os nervos estão expostos!

Num território sem lugar, um Atopos que a partir da nossa interioridade cancela as fronteiras entre o mundo e nosso corpo, onde flores são como um coro de tragédia grega e como nervos ao mesmo tempo, em que as coisas são mediadas por uma transparência obscura como vidro que pode muito bem ser noção da Alma, que tudo indica não ser algo individual, somos todos uma Alma separada em milhões de formas que se movem em espirais em direção ao fim do tempo, em direção a morte do tempo, isso que uns ousam chamar de eternidade e outros de infinito, é este território que iremos ocupar com nossa hiperpresença, porque não concebo os mortos como ausentes, os mortos entram em um estado de hiperpresença, estão muito mais aqui do que nós podemos conceber, nós de um modo misterioso somos as luzes que os mortos acenderam

PARTE DESSE SILÊNCIO

"Hoje estão consternados pelo silêncio do mundo naqueles dias. Amanhã farão parte desse silêncio"
Piotr Cywicz, diretor do Museu de Auschwitz

Parte desse silêncio em Ruanda
dissimulado pela prática comum do alheamento
Onde estão as latinhas, ele pergunta
Estão ali, juntamos um pouco de papelão também e
umas garrafas vazias lá nos fundos
Parte desse silêncio na Síria
O choro nítido de alguém já morto
Uma vez mais a imagem me olha
O inconcebível
Baratas saindo de dentro dos corpos
pela boca, pelos olhos
por um instante somente os suicidas vivem
com um motivo
com uma chuva infinita
de bombas chamada
'Sua mãe'
Parte desse silêncio na Palestina
uma pomba voando
com um buraco de bala na asa
querubins em pedaços
nas ruínas de um berçário
O poema segue
flutuando na avenida
na perspectiva da desaparição

Parte desse silêncio
Na Aldeia do Mato Grosso
A memória não pode alcançar
O infinito que é seu principio
O ossário de raízes e flores
desconhecidas
uma trincheira rasa
no sorriso
o céu cedendo
enquanto o mar sobe
Parte desse silêncio
procurando outros
formando um grande Sol
visível apenas para os mortos

Sobre o feminino infinito

É possível associar o feminino com a água
com a fluidez, sensibilidade, atravessamento, abertura da água em contraponto com a rigidez, brutalidade, empedramento e aridez do masculino e se estamos vivendo no mundo uma crise da água ela tem conexões profundas com uma crise de recepção do feminino

Vejo como necessária a recuperação de um novo modo de pensar o potencial humano, como uma potência da fragilidade
Algo que não está associado apenas ao feminino, mas ao humano
seria uma parvoiçe, uma estupidez programada associar a potencia da fragilidade apenas ao feminino, a fragilidade é uma força por onde o mundo pode passar, a fragilidade é como o aparente ser do orvalho
esta potencia da fragilidade está em oposição ao poder da brutalidade, elogio da força bruta, Aética da brutalização que para ser instaurada necessita dominar a natureza, retirar o mundo e até destruí-lo.
Quando os homens reconhecerem em si também a potencialidade sensível da fragilidade, começaremos a transformação de paradigmas da destruição em atos criadores de um reconhecimento do mundo e não apenas da projeção de dualismos e estratégias de dominação e submissão, teremos o início de um mundo do dialógico, onde diferenças e alteridades serão reconhecidas como modos de ser do próprio mundo, da

própria Terra atuando sinergicamente e em ressonâncias dialógicas

O feminino que foi construído como projeto e projeção de idéias de dominação e submissão ao modo de ser da Aética da brutalidade deve dar lugar a uma construção das próprias mulheres sem margem para estas projeções perversas que são a base de um projeto político totalitário e secularizado que ignora o mundo como ser e como ente, poderá ser implantada no mundo uma ética do cuidar, da devoção, da serenidade ativa. uma ética a partir do feminino.
O Pai também será mãe
a mãe poderá ser reconhecida
não apenas como um anjo do Paraíso,
mas como o caminho para o Paraíso,
a mulher poderá ser reconhecida
como uma materialidade do Sagrado no Mundo
porque desse modo o Mundo se torna ele mesmo Sagrado

Assim se dará a recuperação da graça através do develamento.
Como se Simone Weil, Bashô & Bresson se encontrassem pelo 'lado de dentro' da imagem. O respeito pelo invisível e sua delicadeza. O mistério desvendado do ocultamento. O lado de dentro do ser é o lado de fora da imagem. A vida preserva a delicadeza desse mistério da autopoiesis, ali onde o outrooutra pode respirar fora do deserto de um rosto nomeado será possível um reencontro do Mundo com o Mundo.

Philip Dick

estava sentado no meio fio da Avenida Paulista, que estava completamente deserta, ele diz enquanto toma um sorvete. Para nós, os sonhos são a ressurreição da carne, você sabia que os celulares apareceram num sonho de Leonardo Da Vinci? Como você sabe? Digo. Eu sou uma das partes dele agora, Philip Dick diz, os celulares são a pré-história da telepatia, ele continua. O que você achou dos vários filmes baseados em seus livros? Blade Runner é meu preferido, onde eu moro ele está acontecendo, moro em uma espécie de Blade Runner na África. Repito dublando minha própria voz, nos sonhos falamos sem mover os lábios e nossa voz é dublada por nós mesmos. A África já foi anexada ao Brasil? Ele pergunta. Ainda não respondo. Sabe quem é o presidente dos Estados Unidos aqui? Nem tenho a mínima idéia? Jean Luc Godard. Philip Dick depois de dizer isso, se levanta para fumar um cigarro de oxigênio e antes de jogar as cinzas transparentes no ar, aponta para o chão, percebo que o chão é formado pelo corpo de centenas de milhares de crianças mortas incandescentes. Parecem mortas, mas estão dormindo elas são teleportadas do mundo das chacinas para o mundo dos sonhos e quando chegam aqui, permanecem misteriosamente mortas, nós caminhamos pisando nesses corpos e nem percebemos. Tente levantar a cabeça e olhar para o céu. Ele grita e eu acordo.
Sonhando que sou Patrícia Lourival Acioli, juíza da 4ª Vara Criminal de São Gonçalo assassinada pelo crime organizado:

Podemos como nos ensinou o poeta e monge John Donne perguntar: Crime, onde está a tua vitória? Quando a indignação se transformar em consciência estará dividido este átomo do Hades que chamam de 'crime organizado', Diante da futura e irrestrita anistia prisional e da transformação de todos os presídios em universidades gratuitas e centros culturais. Crime, onde está a tua vitória? Quando os acontecimentos insurrecionais que começaram na Grécia e no Egito se espalharem por todo o mundo, principalmente no Brasil e uma organização maior da energia da recusa ofuscar todas as células da energia do ódio, eu agora transformada em brisa oceânica perguntarei. Crime, onde está a tua vitória? Quando uma imensa fila de ex-assassinos se inscrever como voluntária nas Guerras Continentais, como certa vez disse, aquela notável Simone Weil, uma injustiça estará corrigindo outra, e eu, transformada em orvalho sobre os pacíficos campos de girassóis da Amazônia, serei uma resposta

Isto não é um poema

o ser é o tempo lento do espírito
Comentário: Heidegger que em breve será um dos novos perfumes do Boticário, não tem nada a ver com isso.

espaço interior e tempo exterior e espaço exterior e tempo interior são camadas do ser
Comentário: O ser não é uma cebola, se parece mais com a Terra, mas sem as placas tectônicas, se a Terra for mesmo oca, será uma metáfora total do Ser.

os espaços e tempos simultâneos se movem paradoxalmente em todas as direções
Comentário: O que chamamos de morte também se move em todas as direções apesar de sua velocidade da treva, sempre consegue alcançar os espaços através dos tempos.

o 'dentro' e o 'fora' possuem por sua vez seus espaços e tempos simultâneos
Comentário: Dentro e fora não são dicotômicos, trata-se de uma alteridade onírica...
os 'n' tempos parados do agora se dividem em dentro e fora

o tempo parado do agora se multiplica em 'n' tempos parados do agora

Comentário: Uma tentativa de abordar o infinito que une Alfred Jarry e Wittgenstein, mas sem o humor de Jarry?

o hiperreal do sonho leva ao tempo parado do agora
Comentário: Um dia talvez tenhamos acesso a este tempo do interior do tempo psicológico, nos sonhos raramente percebemos o tempo.

o hiperreal do corpo leva ao hiperreal do sonho
Comentário: O corpo é um sonho da matéria?

Plano sequência Blanchot:

"Não há solidão se esta não desfaz a solidão para expor o só ao fora múltiplo"
Comentário: O Fora múltiplo é a amplidão mítica do mundo, os grandes espaços que se interiorizam através do canto e da dança, os encontros possuem sua camada sinfônica mediada por silêncios significativos suaves e levezas gestuais, os sós e os profundamente sós podem sentir a solidão se liquefazer nestes lugares amplos.

"Mas não há, aos meus olhos, grandeza senão na doçura (Simone Weil). Direi antes: Nada de extremo senão pela doçura. A loucura por excesso, a loucura doce. pensar, apagar-se: O desastre da doçura."
Comentário: A doçura é ela mesma o aspecto mais enérgico de uma antiga camada do ser, que contempla a sua exterioridade a partir do fantasma do útero na fundo do olhar do Outro. Olhar nos olhos deveria ser o florescer de doçuras perpétuas entre águias

Socialismos da imagem

Referência: Os prêmios de Julio Cortázar

Krishnamurti, um grande pensador e educador libertário, disse certa vez que só pode haver relacionamento entre duas pessoas quando não há imagens entre elas (ver "O que você está fazendo com a sua vida?", Ed. Nova Era, Pág. 204).
Obviamente, ele se referia às projeções que jogamos em cima uns dos outros. E não ao cinema. Se estivesse vivo, ele poderia dizer a mesma coisa, das várias redes sociais, que se alimentam mais do isolamento e das projeções de imagens sobre os outros e sobre elas mesmas, da construção de capas para encobrir o real. A vida exige a presença.
Vou tentar sempre relacionar o mundo da cultura com o campo do pensamento. Usarei, como Guimarães Rosa e Saramago ensinaram, uma acentuação errática. Sim, sou tão pretensioso quanto Godard e é com ele que começo. "Film Socialisme", seu último filme, foi exibido no Cinearte Posto 4, em Santos, e me lembro que várias pessoas se levantaram antes do término da sessão: não conseguiram se relacionar bem com as imagens que querem ser mais do que imagens de JLG. Talvez porque, e ouso dizer isso, em suas vidas, as imagens sejam apenas imagens e nada mais, que pobreza. "Enquanto isso, sinto a fome do rico/no eterno azul do mar", cantou o genial Arnaldo Batista, autor de um livro que passou em branco e deve ser lido com urgência (procurem "Um

rebelde entre os rebeldes", Ed. Rocco). Não tenho linha de raciocínio. Tenho uma teia de citações que uso para construir um poema sutil, aí já é possível que você, mesmo no canto 4 do purgatório, ou seja, na fila do banco, se relacione com o poema pré-existente, justamente ao sair do banco, como pensou certa imagem de Godard em "Film Socialisme". Godard poderia filmar a vida de Krishnamurti. Seja como não for, só pode haver relacionamento entre duas pessoas quando há a poesia de grandes e silenciosos pensamentos entre elas, como se fossem pontes entre imagens que querem ser mais do que imagens: imagens pensantes, imagens autônomas, como em Godard, Hitchcock, Chaplin... Voltarei a falar sobre isso em outras colunas. Na falta da poesia de grandes e silenciosos pensamentos, é claro que eu, sendo outras pessoas, me levantei da sessão de "Film Socialisme" antes do final do filme. Havia um rapaz negro, sentado ao meu lado, que nos olhou com um ar de reprovação e de ironia. Se não estamos enganados, ficaram na sala apenas ele e mais duas pessoas.

Os socialismos se dividem entre os socialismos das imagens e os socialismos dos valores. Em uma cena do filme, uma criança aparentando 07 ou 08 anos pergunta ao pai se ela pode se candidatar à presidência da França; em outra cena, a poeta e performer Patti Smith interpreta a si mesma, a cena da criança se liga a outras cenas da filmografia de Godard onde aparecem crianças-sábias, isso não vincula Godard a uma visão da infância relacionada ao Emílio de Jean Jacques Rousseau, a criança aparece nestas cenas como um símile ou equivalente de um Mozart na infância, como uma possibilidade anômala de potencialização de uma esperança. A cantora Patti Smith aparecendo como ela mesma, vincula a viagem do filme até as fontes da cultura europeia a uma gama de valores humanistas que só podem ser associados ao Rock and Roll como movimento comportamental, Patti Smith não está deslocada de seu mundo dentro de um filme de Godard e tem dentro da cena o mesmo valor de equivalência da criança mas em um contexto maior, semelhante ao da participação de Pina Bausch em La nave va de Federico F., a vinculação com um real poético.

NOSSA MÚSICA

Azul: Agora é um outro quadro e estou vendo Nossa música de mãos dadas com Isabelle, é a quarta vez que vejo o filme e desta vez dormi um pouco depois do Inferno e acordei na cena onde Godard fala sobre a imagem. Em Nossa Música existe o entrelaçamento entre ficção e realidade que JGL utiliza para investigar a permanência ou impermanência de uma possível poética da imagem. Como a ultima parte do filme e a primeira, as minhas mãos enquanto dormia se desconectaram das mãos de Isabelle, depois de ver o filme mais de duas vezes é fácil perceber que o inferno e o paraíso não estão de mãos dadas em um pacto de conciliação, existe uma simplificação que de fato amplia o significado da frase 'o outro mundo' aproximando este outro do Outro de Rimbaud. A mão de Isabelle dormiu junto comigo durante o Inferno de Godard, como o artista dorme dentro do jornalista ou o cineasta dentro do pintor e não o pintor dentro do cineasta,me parece que Godard ainda é um caso raro, talvez ele seja o último pintor e o ultimo jornalista investigativo a usar o cinema como veículo para a poética da imagem. Se havia Patti Smith em Filme Socialismos,em Nossa Música temos os escritores e poetas Juan Goytisolo & Mahmoud Darwich, a voz dos poetas equivale a uma canção de Horses? Sim, por estas e outras aproximações, discordo dos que vêem neste filme a busca por uma potência do falso,

Amarelo: Ao reconfigurar as palavras-movimento campo e contracampo como metáforas, ele as liberta do cinema e no que se refere a uma ambiguidade entre o ficcional inserido dentro do documental, JGL caminha para um lugar onde o documentário pode respirar um pouco do ar onírico da ficção e assim transcender os aspectos limitadores de uma visão dicotômica entre fato e ficção, trata-se repito de um embaralhamento e não de uma cartografia ambígua entre pintura e cinema, fato e ficção. Acordei com a voz de Isabelle me perguntando: 'Ariel, qual é o sonho do indivíduo?'

Vermelho: 'O sonho do indivíduo é ser dois e o do Estado ser um', a resposta, Godard prefere a arquitetura ao jogo. Uma arquitetura de interações entre a história da pintura e a história do cinema.

Equação oceânica

Solitária é a vida refletida nas redes sociais, peixes abissais paralisados por um 'sonhar com o Sol'. Estamos lendo Finita de Maria Llansol, livro que de algum modo dialoga com o My Life de L. Heijinian, gosto de imaginar estes diálogos entre singular e plural, isso deve ser a alma das redes, também lendo um livro de entrevistas de Deleuze como se fosse um livro de poemas e um diário. Uma frase de Finita me pensou, a frase é esta; " Creio que onde há prazer, o conhecimento está próximo". Um beijo na boca do fantasma reluzente de Maria Llansol por ter dito que o conhecimento está próximo e não que ele deve estar próximo e logo a seguir ela fala da luz dos peixes.

John Cage conversa com Gilberto Mendes e Charles Ives / 32 perguntas / 32 respostas

Trad. Livre de Alexandre Cons (Perguntas)

NICHI NICHI KORE KO NICHI: TODO DIA É UM LINDO DIA

E se eu fizesse 32 perguntas?

Gilberto Mendes: Você estaria propondo 32 silêncios.

E se eu parasse de perguntar agora e sempre?

Gilberto Mendes: O caos reina? Duvido, as perguntas são as coisas, elas são poemas e perguntas, ao abdicar da pergunta no agora e sempre temporal ainda assim as coisas continuariam a nos perguntar no agora e sempre espacial.

Isso tornaria as coisas mais claras?

Gilberto Mendes: O opaciamento é o início da claridade, som da noite acabado, som da manhã chegando. Mas o opaciamento não equivale ao silenciamentom a luz sim, é uma espécie de silêncio.

A comunicação é algo que fazemos de maneira clara?

Gilberto Mendes: A comunicação acontece em camadas de opaciamento e pequenas luzes, que são o anúncio de um conhecimento direto pela via da intuição compartilhada ou pela via dos silêncios compartilhados, ora cinema mudo, ora cinema falado.

O que é a comunicação?

Gilberto Mendes: Luz simbólica.

Música, o que ela comunica?

Gilberto Mendes: Luz invisível ou memórias ancestrais do indizível ou rastros harmônicos de uma destas duas coisas.

O que é claro pra mim é claro pra você?

Gilberto Mendes: Apenas quando estas fronteiras se dissolvem.

Música são apenas sons?

Gilberto Mendes: Não.

Então, o que ela comunica?

Gilberto Mendes: Ela também comunica estados imanentes.

Um caminhão passando é música?

Charles Ives: Em alguns espaços-tempo ele é música, desde que o silêncio o envolva de um modo particular.

Se eu vir alguma coisa, eu também tenho que ouvi-la?

Charles Ives: Num sonho, sim. A música do sonho são as coisas.

Se eu não ouvi-la, ela ainda assim se comunica?

Gilberto Mendes: Sim, a comunicação depende de uma abertura, de um estado de aceitação. A escuta pode ser absoluta, aí está a transcendência do eu.

Se enquanto eu vejo algo, eu não o ouço, mas sim
ouço outra coisa -digamos uma batedeira, porque
estou dentro de casa olhando pela janela-,
quem é que se comunica, o caminhão ou a batedeira?

Charles Ives: O mundo.

Qual deles é mais musical, um caminhão passando por uma fábrica ou um caminhão passando por uma escola de música?

Charles Ives: O mundo.

As pessoas que estão dentro da escola de música e as que estão fora são não-musicais?
Gilberto Mendes: Não acredito em exterioridade-interioridade da não-música.

E se alguém dentro da escola não escutar muito bem, isso mudaria minha pergunta?

Charles Ives: Todos os sentidos podem a seu modo 'ouvir', a escuta é cerebral e cada órgão do corpo possui um cérebro particular ligado ao cérebro central.

O que você acha que quero dizer com "dentro da escola"?

Gilberto Mendes: Disposição espacial para um tipo de escuta criativa, mas a disposição temporal para a mesma coisa não está necessariamente ligada a uma "escola"
.

Os sons são apenas sons ou eles são Beethoven?

Charles Ives: os sons são autônomos, energia autônoma.

As pessoas não são sons, são?

Charles Ives: Se a luz é som, ela são luz.

Existe alguma coisa que podemos chamar de silêncio?

Gilberto Mendes: Sim, em algum lugar fora do mundo que está dentro do mundo.

Mesmo se eu me afastar das pessoas, eu ainda ouvirei algo?

Gilberto Mendes: O corpo do som.

Digamos que eu me ausente, indo para a floresta, ainda vou ouvir uma corrente de tagarelices? Sempre existe algo para ser ouvido, sem nunca existir, qualquer paz e quietude?

Gilberto Mendes: Ausência não significa silêncio.

Se minha cabeça está cheia de harmonia, melodia e ritmo, o que acontece comigo quando o telefone toca, para onde vai minha paz e tranqüilidade?

Charles Ives: Como disposições, para todo lugar e toda parte.

E se fosse harmonia, melodia e ritmo europeus que estivessem em minha cabeça, o que teria acontecido se a música javanesa aparecesse na minha cabeça?

Gilberto Mendes: Comunicação, desde que a escuta se faça presente, sem projeções.

Chegaremos a algum lugar fazendo perguntas?
Para onde iremos?

Charles Ives: Para Aqui e Agora?

Estão são as 28 questões?
São questões importantes?

Charles Ives: São devires.

Por que você precisa proceder com cautela em termos dualísticos?

Gilberto Mendes: Para não ser engolido pela ilusão.

Terei mais duas perguntas?

Charles Ives: (Silêncio)

E agora, terei mais uma?

Gilberto Mendes: (Silêncio)

Agora que eu fiz 32 perguntas, posso fazer mais 44?

Gilberto Mendes: (Silêncio)

Eu posso, mas será que devo?

Charles Ives: (Silêncio)

Por que preciso continuar perguntando?
Há alguma razão para perguntar por quê?

Gilberto mendes: (Silêncio)

Eu perguntaria por que se as questões fossem sons e não palavras?

Gilberto Mendes: provavelmente sim.

Se as palavras fossem sons, elas seriam musicais ou seriam apenas barulhos?

Gilberto Mendes: Como você mesmo disse, não existe o barulho.

Se os sons fossem barulhos, e não palavras, eles teriam significado?

Charles Ives: Significado para a luz e para som, talvez seja possível transcender isso.

Eles seriam musicais?

Gilberto Mendes: O que é o 'não-musical'?

Digamos que existam dois sons e duas pessoas, e todos são belos, existiria comunicação entre eles?

Charles Ives: Sim.

E se há regras, quem as faz, eu pergunto a você?

Gilberto Mendes: A disposição para a harmonia, a disposição para o caos, ambos complementares.

Isso começa em algum lugar, e se começar, onde é que acaba?

Charles Ives: Na resposta anterior.

O que aconteceria comigo e com você se tivéssemos que estar em um lugar onde não houvesse beleza?

Gilberto Mendes: Um novo tipo de beleza não conhecida.

E eu lhe pergunto, o que aconteceria com nossa experiência de ouvir se os sons belos acabassem e se o único som que restasse fosse feio, o que aconteceria conosco?

Charles Ives: Isso é inimaginável.

Seríamos capazes de percebê-los de tal forma que ficassem belos?

Gilberto Mendes: Talvez.

Se desistíssemos da beleza, o que teríamos?

Charles Ives: O impossível nada.

Teríamos a verdade?

Gilberto Mendes: Não.

Teríamos a religião?

Gilberto Mendes: Talvez.

Teríamos a mitologia?

Gilberto Mendes: Possivelmente

Saberíamos o que fazer com algo se tivéssemos esse algo?

Gilberto Mendes: Nós somos esse algo.

Teríamos uma maneira de ganhar dinheiro?

Charles Ives: Infelizmente sim.

E se ganhássemos, ele seria gasto em música?

Gilberto Mendes: Duvido.

Se a Rússia gasta 60 milhões na Feira de Bruxelas, sendo que muitos dos quais em música e dança, e os EUA gasta 1/10 disso, ou seja 6 milhões, isso significa que um em cada dez americanos são musicais e 'kinestetas' enquanto todos os russos o são?

Gilberto Mendes: Isso é estatística e não estética, mas semore fico com os Russos

Se abandonássemos o dinheiro, o que teríamos?

Charles Ives: Uma ética nova...

Já que ainda não abandonamos a verdade, onde é que deveríamos procurá-la?

Gilberto Mendes: Em lugar nenhum.

Nós não dissemos que não iríamos, ou apenas perguntamos para onde estamos indo?

Charles Ives: Dizer é uma coisa projetada no ser e ser é um lugar

Se não dissemos que não iríamos, por que não dissemos?

Gilberto Mendes: A mesma resposta que na anterior.

Se tivéssemos algum bom senso em nossa cabeça, não deveríamos conhecer a verdade ao invés de rodar por aí procurando?

Charles Ives: Bom senso e verdade não são irmãos siameses.

.

Por outro lado, como poderíamos ser capazes de beber um copo de água?

Gilberto Mendes: Com sede.

.

Nós conhecemos, décor e salteado, as religiões, a mitologia, a filosofia e a metafísica das outras pessoas, então que necessidade teríamos de ter uma nossa, se tivéssemos alguma – mas não temos, temos?

Charles Ives: Podemos ser?

Mas a música, temos alguma música?

Gilberto Mendes: Podemos ser!

Não seria melhor apenas abandonarmos a música também?

Charles Ives: Teríamos de encenar continuamente a volta do filho pródigo.

E então, o que teríamos?
Gilberto Mendes: Exercícios de imaginação

Jazz?

Charles Ives: Um pássaro invisível

O que restaria?

Gilberto Mendes: Não sei, sou um romântico e não um místico.

Você diz que este é um jogo sem propósito?

Gilberto Mendes: Não, em hipótese alguma.

Isso é o que é quando você acorda e ouve o primeiro som de cada dia?

Gilberto Mendes: O cantar dos passarinhos.

É possível que eu continue para sempre fazendo perguntas, monotonamente?
Charles Ives: Como projeções elas não são monótonas.

Eu saberia quantas perguntas fazer?

Gilberto Mendes: podemos ajuda-lo nisso, infinitamente, agora somos o espaço e não apenas o tempo.

Eu teria que saber como contar para poder fazer perguntas?

Gilberto Mendes: Sim, a matemática e a harmonia estão interligadas.

Tenho que saber quando parar?

Charles Ives: Silenciosamente, não.

Esta é aquela chance que temos de estar vivos para fazer apenas uma pergunta?

Gilberto Mendes: Mais de uma, como escreveu, Clarice Lispector: A vida é uma pergunta.

Por quanto tempo ficaremos vivos?

Charles Ives: O tempo é a energia do silêncio, a vida também foi e é isso.

SILENCIO

Godard e Menipo

Adeus à Linguagem de Godard se insere dentro das pesquisas com o cinema como pintura em movimento que ele desenvolve desde HISTÓRIAS DO CINEMA, seu filme-ensaios, JLG inventou o cinema-ensaio, filmes para ler enquanto vemos um pensamento se movendo na tela, eis a equação, aqui trata-se de um cão imune ao pensamento e conceitos são projetados nele e simplesmente batem no corpo do cão e caem por terra. É o mais perto que o cinema chegou do esgotamento e diluição matemática da linguagem do pouquíssimo compreendido lógico e místico Wittgenstein, calma com o andor, Leonor. Além do cão há o casal ou melhor envolto no cão que se converte em centro efetivo do discurso fragmentado do romance do casal, romance que é narrado por seu entorno e não pelo que ouvimos que se torna apenas uma música superposta por cima da música real, Godard é um VJ também e trabalha com o conceito de texturas imagéticas a partir do cansaço da língua, curiosamente e de modo enigmático seu filme dialoga com o FILME-RIO de Daniel Kairoz, vale a exibição simultânea de um ao lado do outro. Daniel kairoz é de certa forma um personagem de Godard e Adeus á linguagem é uma ode ao cão de Luciano em uma espécie de Diálogo dos Mortos cifrado pelos corpos que se misturam com a paisagem, no final do filme Jack London e John Ford se encontram em uma cena que fala do eterno retorno da humanidade através do que não é humano, não durmo sem beber na águas desse Rio Letes às avessas chamado

Rádio Saudade FM, é um fenômeno que perdura por décadas este da predileção pelo passado em detrimento do que é realizado no tempo em que estamos vivendo, não nos lembramos como era a vida antes dos celulares e notebooks mas louvamos a música que tocava nesta época, é como se a presentificação de canções populares nos levasse até uma etérea leveza diante do peso da experiência enlameada e pantanosa de vivermos hoje. Atravessamos o pântano que se mistura a que nos tornamos no meio da nossa insônia diurna de conectados permanentemente desde que seja possível o deslocamento sensível proporcionado pelo enlevo distraído de colocar os ouvidos nessa enorme concha radiofônica enterrada na história de tudo o que perdemos.

EcoPhilia

"Fundir-se de amor significa experimentar um arrepio orgânico, que reduz toda a vida do nosso interior a uma mera pulsação, a uma tremulação difícil de definir."

Cioran

Philia é uma palavra retirada do livro Ética a Nicomacos de Aristóteles, o termo é traduzido geralmente como amizade mas também pode ser entendido como amor, Aristóteles nos livros 8 e 9 dá exemplos de Philia incluindo: Os amantes no início, os amigos para toda vida, os companheiros de viagem. Segundo Aristóteles, todos estes diferentes relacionamentos envolvem o bem para com o outro, embora Aristóteles ressalte que às vezes algo mais do que o simples gostar seja exigido para que exista uma autêntica Philia, e outro livro chamado Retórica, Aristóteles define a atividade envolvida na Philia como 'querer para alguém o que se pensa de bom, por sua causa e não por nosso próprio interesse' . Aristóteles conclui que a Philia é necessária como um meio para atingir a suprema felicidade, uma vida sem amigos, não poderia ser chamada de vida, mesmo que a pessoa possua todos os bens, ela nada possui se não houver em sua vida uma autêntica Philia e eu concluo citando o místico catalão Raimundo Lullio que abre seu O livro do amigo e do amado com a seguinte sentença: 'O amigo perguntou a seu amado, se havia nele alguma coisa ainda por amar. O amado respondeu que ainda restava por amar aquilo que podia multiplicar o amor do amigo'.

Existem duas forças em atividade no mundo de hoje: A amizade e o capitalismo, mas apenas uma delas conduz até a felicidade plena que para os gregos é o êxtase de viver. Chamaremos de Ecophilia a recuperação da amizade com a natureza como ética central do multivíduo, as maiores emanações de ser partem da espiral psíquica, mas as potentes emanações do não-ser que sustentam a vida em seus aspectos infradimensionais e macrodimensionais têm sua origem na natureza não humana que inclui a gota de orvalho e o Sol que é sua origem e vetor de reciclagem, a amizade profunda entre o não humano ou seja o macrocósmico e o infracósmico são as bases da Ecophilia, pensadores como Bruno Latour e Hans Magnus Eszemberger consideram o Brasil um campo de invenção de diversas camadas ativas de uma, como chamo aqui EcoPhilia. Este termo não é utilizado pelos pensadores eurocêntricos, embora seja comum nos pensadores da Eurásia. O próprio haikai em seus estilos propõe uma poética da ecophilia, falo do haiku em suas gêneses primordiais e não das inúmeras e também boas simulações dele

Primeira conversação interior ou A Cabala Laica do Profeta da Imanência, conversações ontooníricas com Febrônio Índio do Brasil em forma de monólogo

Sim, escrever luz na luz é tarefa dos seres reviventes, Diadema é a placa escrita no sangue que veio dos solares pelo centro do sono, o elemento divino que fala o sonho é a água, arcanjos do orvalho na asa da formiga, é o pensamento dos seres alegóricos, sejam mortos com carne onírica ou mortos com carne objetiva, nos espelhos as visagens nos suplicam o silêncio da criação, conforme o Profeta Jonas, na filosofia bruta, os dez mil seres do Deus abrem a boca sem corp, a do triângulo-circular, os elementos separados não foram anjos, mas unidos dimensionais são coroas do ser, Diadema também é meu nome. Não o documental do corpo, o documental das almas, inicialmente os campos de Elohins chamam, depois eu que sou a mãe chamo eu que sou o filho, para dentro da escura luz, escuro corpo da luz congelada na matéria

Phala de Rumi caminhando com Aarão no Éden dirigido aos que como nós se encontram do lado de fora

Tu que ouve
a casa de silêncio
Que é a luz

Em tua boca
Este duplo sol
de teus olhos

caminhando no interior da linguagem
como Elohins
que é o tigre
dentro da rosa
do pensar
colhida na
gota de orvalho
dentro do oceano
Ouve o coração do Amado bater
dentro da estrela do meio-dia
mergulha nesse abismo
que é o começo da montanha
colhe também o vermelho
na cor da Aurora
Tu que me ouve
seja você quem
for, considera
que és a nuvem de teu próprio ser

Ser o acto

A esfera do não-agir existe na dimensão onde a mística dissolve a insaciabilidade por reconhecimento, nesta esfera que é atravessada por uma harmonia sem nome, mas reconhecível, inexiste a noção de um eu que possa ser dito, somos animais que dizem eu e assim criamos uma apartação profunda com esta esfera, habitando apenas a dimensão plana da 'vida insaciável' que se nutre de reconhecimento e por isto está longe deste silêncio que só poderá ser tocado através da morte, embora possa ser encontrado antes, porque ama, se esconder como notou Heráclito, o obscuro

Dos Diários de Jean Luc Godard durante as filmagens de 'Os Diálogos' de Platão na África

No início é o som
Ouvir é ver
A voz dos olhos escrevendo
em uma língua anterior ao pensamento
A felicidade não tem história,
se movendo sempre
fora do tempo
para destruir o amor
a partir da solidão e também o contrário
Mallarmé saindo do 'Erro Trágico'
para escrever uma página em branco
As teorias se apagam, as rãs e os cães continuam
Sentem a guerra de outro modo
Os filmes também irão desaparecer
como os sonhos
dos não-humanos
e suas memórias que foram apenas um híbrido
da programação das tvs e dos celulares
sem novas narrativas, novas formas
A guerra entre os olhos e as palavras
entre a terceira dimensão e a quinta
há dois mil anos
entre a interioridade etérea
e a exterioridade abstrata
ambas tatuando

uma essência onírica na pele da realidade
que deveria tornar possível
a existência do direito à criação
para todos
isto no lugar da democracia
porque se baseia
como o espirito
no sangue derramado
dos animais
A pergunta de Wittgenstein sobre
O que diria o Leão
Atravessando o silêncio de Rimbaud
O silêncio daquela barricada de cabeças
O que é isto no meu bolso?
A carta de um estúdio de Hollywood
propondo um filme sobre Artaud no México
com Johnny Deep
melhor filmar o Real
para isto terei de desligar a câmera
me deitar embaixo daquela árvore
e descansar um pouco,
ela é como um sono sem sonhos.
Issa o ator negro que faz Sócrates
aponta para o Sol
e diz que a verdadeira câmera está lá dentro.
'incluir isto no filme'
Ai Wei Wei que faz Platão
acaba de chegar
'Vamos filmar com a câmara desligada'
digo
aponte a câmara para o Sol
e deixe filmando
me ouço dizer.

Me enviem por sonho o que seus celulares filmaram
o Sol não pode ser escaneado pelo sonho
diz Ai Wei Wei
os figurantes são as árvores que foram plantadas
com o 3D
como na Amazônia, diz Sebastião Salgado
que neste filme faz o papel do diretor silencioso
Sr. Godard o carro que irá levar
A equipe até o cemitério de elefantes chegou
no lugar de marfim encontramos uma favela de artistas
dinamarqueses
que pintam o corpo de azul
decido fazer ali a tomada do encontro do
diretor silencioso com Rimbaud
que é feito por uma atriz nigeriana
de 17 anos chamada Inissa Hazel
é tudo muito óbvio
Rimbaud na cena cava um buraco na terra
de onde retira um caderno
que atira em uma fogueira
depois os dois ficam olhando o fogo
e o diretor silencioso
pergunta o que estava escrito no caderno
e Rimbaud diz
'era melhor do que qualquer coisa que possa ser chamada de poesia '
e depois de uns segundos de fusões com centenas de massacres de indios
ele completa
'estou falando do cheiro da carne humana queimando '
E nesta hora vemos o Sol explodindo
Pelo ângulo da filmadora de um celular

Amor e esvaziamento

Não para qualquer tipo de conciliação ou arranjo com a ambiguidade ou com a neutralidade, não para a crença, esta forma distanciada e abstrata de contato com 'o objeto', sim para a ação, como diz um grande amigo 'não olhe em torno, aja!', o VAZIO é o preâmbulo do deserto onde vamos plantar nossos jardins, não para a morte e/ ou sensação do morrer como fuga ou paisagem melancólica festejada, sim para a preparação para vencer os mortos e preparação para a morte pela expansão interior da sensação de estar vivo, sim para a política da amizade, que o movimento amoroso na direção do amado/ amada/ amigo/ amiga seja cósmico porque somos luzes respirando estrelas e depois de mortos seremos a matéria escura. Sejamos o jaguar- orquídea.

Para Kurt Cobain e Jupiter Maçã

Ali o ente curvado como se ouvisse
da morte
o chamado
Flutuando dentro da nuvem
o esquecimento da própria ausência
servindo de miragem
o mundo no sangue
que se move
longe do ciclópico olho
da exterioridade

Vozes que migram
para calar o segredo
que vaza da mão
curvada sobre a tela
como aquele anjo
no cemitério
se contorce dentro
da pedra

There curved one as if listening
of death
the call
floating within the cloud
forgetting the very absence
serving as a mirage
the world blood
moving

away from the cyclopean eye
the externality

Voices migrating
to silence the secret
that ooze hand
bent over the screen
as that angel
in the cemetery
writhes in
stone

O Halo

A ambiguidade é o campo de provas do inferno de estimação dos covardes e não me refiro apenas ao pântano da pequena politica, de qualquer modo, ela não se relaciona com a polissemia ou com a multiversidade, nesse caso, o ser se expande na direção das dimensões que ele é capaz de ver e ver é agir. O erotismo é uma expansão, as poéticas são expansões, quando o ser se funde com o corpo desaparece o 'euzinho' e em seu lugar surgem 'n' potencialidades inegociáveis. Quando nos tornamos ninguém e desejamos exatamente a lembrança do agora onde não possuímos nada e somos possuídos pelo êxtase frágil 'da respiração', a vida se materializa como um incessante e lento nascer do Sol do qual não veremos o apogeu. O processo de 'tornar-se ninguém depende da capacidade de lembrança do agora ou de um elogio que precisa ser dirigido para a gratuidade de uma alegria desertamente distraída. Um pensamento que é emanado diretamente da experiência do esquecimento do próprio rosto, do abandono dos espellhos, medusas fracas demais para iluminar nossa ausência. Este dificil e raro pensamento seria capaz de criar uma tridimensionalidade, um terceiro ser menos viciado em esquemas e capaz de mergulhos incessantes no silêncio fundador de um adensamento da memória deste cristal de gelo dentro da nuvem do não saber

No lugar de um poema

Não existe tempo nenhum em lugar algum, se existir
jamais esteve, no mesmo lugar
em que estamos
o tempo não é noológico
o ano da graça de MMXVI
existe apenas nos movimentos coletivos da imaginação
algo que não tem a extensão do campo morfogenético
a paixão, outra força
que também se movimenta dentro da ação das imagens
parece ser mais forte do que o tempo
e ela, pode ser
ontológica, irracional ou noológica
a paixão ontológica
seria por exemplo, a idéia do êxtase
de habitar poeticamente um corpo
entranhamento/estranhamento
possuem noções de equivalência
mas não de equanimidade

Não existe tempo nenhum em lugar algum, se existir
jamais esteve, no mesmo lugar
em que estamos
o tempo não é noológico

Uma Estrela-fantasma emitindo seu brilho
apenas dentro da mente
brilho matemático, impermanente
enquanto o corpo

é um cavalo-cão-pássaro e peixe
indefinível
isso depende de quem
o sente
a partir de dentro
de um espaço
indiferente

A natureza
não age
dentro de esquemas
nem se autosabota
criando para si
mesma, um pensamento
embora possua tridimensionalidade
não se dissolve
antes de seu
próprio desaparecimento

O amor, força maior
cosmoterrana
prescindindo da palavra,
mas não da fala das coisas
atravessa, contorna e altera
o tempo, se parece mais com a lei da gravidade
se expandindo com ela até inimagináveis paragens
de onde, deve ter vindo
exige a criação de um corpo heterogêneo
que seja por ele atravessado
com ele iremos, para além da morte
até alcançarmos o nãotempo.

Literatura e etc...

Parece ser um péssimo senso comum o que afirma que os poetas vivem fora da realidade, desligados dela ou em outro mundo, um poeta não conseguiria escrever um bom poema se vivesse fora da matriz de todos os poemas, se vivesse fora do real, é justamente o oposto que se dá entre os poetas, eles vivem 'muito dentro do real' caso contrário como conseguiriam escrever sobre uma cadeira, um ninho de pássaros ou um incêndio como se estivessem imersos e imantados por estas coisas. É mais fácil levantar um muro do que escrever um bom poema. Poetas e escritores trabalham com a solidão e não para a solidão e escrevem mais com a sensibilidade do que com uma caneta, álias a caneta apenas cava a sensibilidade ou o aspecto sensível das coisas, suas camadas que podem ser digamos raspadas por uma frase que pareça vir direto delas mesmas e não apenas do eu do poeta. Trata-se de viver a imanência como uma obsessão. Ora uma pessoa que se deixa absorver pela atividade de seu trabalho, um carteiro ou um médico até o ponto de se esquecer de si, o que é terrível do ponto de vista do ser que é a lembrança de si que permite a presença do Outro e não o esquecimento que torna o Outro um tormento, uma oposição contínua, ora estas pessoas vivem uma espécie de imanência negativa onde um fragmento do mundo toma o lugar de uma gama variada que se confunde com o todo, o poeta tem uma natural inclinação para transfigurar esta imanência negativa em uma percepção fisica do mundo do ser-no-mundo, do nomeno

do fenômeno, não é um escafandrista, tampouco um astronauta na calçada, é alguem interessado no mundo e em seu acontecer, apenas isso e quem está interessado no mundo jamais viveria fora dele
Escrever deveria ser mesmo esse magnífico fracasso similar ao da tentativa de elaboração de um catálogo de êxtases embaixo de uma colcha de estases, ao invés da Música das Esferas, temos a britadeira contra o pensamento-orvalho do impossível amanhecer, houve a expansão do Hospício em vazamentos inúmeros começando pelo óleo que vazou hoje no Rio Cubatão, os vazamentos do gás do sublime são mais raros, encontrei em uma banca de jornais na Avenida Lugar nenhum, também chamada de Avenida Paulista, um disco compacto do Réquiem de Mozart por cinco reais, envolto em um plástico onde estava escrito 'Sobra', Mozart é a 'Sobra',
O meio literário é apenas isso, uma mediação entre processos interiores e exteriores de confecção destes objetos da subjetividade, os livros. Nas origens, a oralidade e suas camadas de memória ancestral onde assinaturas são menos do que os ecos circulares de uma pedra afundando no oceano, na outra ponta desse território, estamos nós e nossa vaidade, nossa guerra, nossas trincheiras de solidão, os editores e seus óculos incrustados na carne da face, seus ouvidos que às vezes confundem livros com lucros e vice- versa, não passam de seres quixotescos lutando contra a estupidez e suas torres erguidas sobre o deserto simbólico. Isso quando são autênticos editores e não vendedores de papel disfarçados de editores. E nós, os pobres autores da América do Sul, triunfantes em nosso belíssimo fracasso, de vez em quando, aparece em nossa face, o precário esboço de um

sorriso que acontece na extrema profundidade da solidão, de um mergulho tão denso que atravessa o fundo do eu, como uma pedra atravessa o vidro, a partir desse estilhaçamento, começa o amor ontológico, depois do fundo do eu, a água pura da fonte de um beijo absoluto encontra a água de um oceano flutuando no espaço

Será melhor do que o Paraíso ou Isto não é um Salmo

Ó Energia destilada do invisível
nadando em círculos no visível, sereno
o esqueleto
a visita
Ó pano do sono acordado
este sudário
chamado ' eu te amo'
deixa marcar telegráficas
no corpo,
no âmbar de tua face,
no tempo e em suas entranhas
onde miríades de chamas
cantam no corpo as cinzas da infância
e os olhos dominados
por essa névoa
que do Nada até a Luz
sobe
'Se tens razão, usa somente o coração'
canta o arco-íris branco
dentro da mão
até que sem pele
e sem ossos
o silêncio acorde
nosso verdadeiro corpo
de sonho, horizonte e pó de ouro
Nas cidades vazias
dominadas

pelo azul-breu
um flôr ajudará a não-pensar
estes que não verão mais
com os olhos
mas através dos olhos
Te saúdam
Ó Fronteiras entre os países
dissolvidas por um beijo
Sim, José sonhou antes
com esta migração da voz
dos profetas para o centro
de nossa leveza olvidada
ser ampliado até alcançar a compaixão
do próprio ar
servindo de escada
para a luz
do nosso olhar
depois disso
o fim da economia
a extinção das categorias sombrias:
A guerra, o relógio e o dinheiro
Será melhor do que o Paraíso
e no fundo do nosso ser
sempre soubemos disso
porque podemos pensar
com falso triunfo e pesar
e milagroso sorriso
que nenhum de nós
estará lá

Camus cover

"O nada desejante"
San Juan de La Cruz

Olhando em perspectiva a sala de espera do cinema, é fácil perceber a imantação em nós do olhar de Edward Hopper. Existem diversas teorias sobre a vida flutuando dentro do olhar das pessoas todas são como um saco de pipocas na chuva, devir sempre cancelado. ", a menos que vislumbrem a vistosa plumagem do pássaro a que chamam coragem - o Cardinalidade virginius - e sintam palpitar o coração."

Ontem saímos do chuveiro dentro da gênese de uma nuvem para uma conversa silenciosa com o anjo do orvalho agora estou na rodoviária cheguei uma hora mais cedo por causa do conflito entre duas ficções: o tempo da Internet e o tempo exterior (O vazio da vida acontecendo fora do tempo) Estou saindo da sessão de IMAGEM E PALAVRA de Jean Luc Godard. Sair é onipresente. Há uma meditação em camadas sobre O ORIENTE como uma antisombra, o início com o elogio do pensamento das mãos, do pensamento pictórico é sublime. Digitar é pensar com as mãos? Mais uma regência do paradoxo: o rei da realidade. É surpreendente notar ao nos afastarmos de uma potência dialógica corremos o risco de nos tornarmos símiles daquilo que combatemos. Uma questão que parece ser central: Como as forças da irracionalidade regem nossa visão de mundo disfarçadas de 'realidade'?

"A vida das pedras é influenciada pela vida da vida"

A narrativa criada pelo segundo escalão de funcionários concursados e de carreira e a ascensão do fascismo no Brasil encontram oponentes entre os pastores da pseudo ontologia política? Me lembro de haver entrado em uma biblioteca pública para ler o jornal do dia que está sendo usado por outro, enquanto aguardo encontro uma revista Argentina e nela um artigo sobre 'Mujeres de Musil', sobre contos de Robert Musil que foram coletados e traduzidos por Coetzee. Deslocamentos provocados pelo acaso produzem conhecimento.

Em uma lanchonete com uma amiga escritora, tentando discernir entre os gritos, alguma frase que tenha algum sentido "poético": "Descolado é você usar o Instagram", "Aí ele disse que eu teria que usar drogas para expandir minha mente", é como um lixão metafísico repleto de lugares comuns sem nenhuma sombra de pensamento que contenha algum estilhaço do mundo ou essa dança errática desenhando a arquitetura dos encontros, o que oníricamente chamamos de relações. Se ela seguisse as partituras do pensamento e não a lógica incendiária do corpo e sua hora, a terra ficaria vazia, ainda assim, isso não justifica a insistente miragem hipnótica do pertencimento e a persistência do desejo de utopia paradoxalmente não estão em oposição ao mundo político, são colunas dele, frágeis colunas e já podemos pressentir a sombra de um Sansão trans e niilista coberto de mel e vestindo a pele de um leão.

A internet é uma metáfora fraca das diversas internets escondidas na copa das árvores, no nomadismo e no ato de sonhar e principalmente no cosmo não cartográfico. As plantas crescendo em volta da minha casa abandonada são uma imitação do cosmo. As plantas na varanda do apartamento visitadas constantemente por pássaros são uma maquete espiritual da floresta.

São Paulo odeia os devires do Brasil que não sejam São Paulo. Na verdade não acredito em um amor entre espaços, há uma tensão metafísica e topológica crescente que se manifesta como tensões sociais, através destas tensões sociais que estão em processo de expansão e contração é que alguma luz se fará, mesmo que seja a luz de uma guerra civil.

Polén, relógio, mapa

No fundo não há nenhum sentido em medir o tempo, há o instante em que se nasce e o momento fulgor em que se morre e no meio gozos, risos, surtos, choros e epifanias. A sociedade humana luta contra a natureza porque a teme como teme a morte, sem saber realmente o que é e como retornar a ela ou dela, como retornar ao mundo, as fugas geográficas de final de ano são insuficientes como toda fuga, a diferença entre o vírus e o antivírus é cada vez menor, a esperança não age, orações e mentiras elegeram políticos imbecis como antes o bom mocismo e a ilusão da pureza heróica haviam feito, os políticos são imbecis e ponto. As exceções são poetas falhados erguendo um brinde ao maravilhoso fracasso. Que venham os saraus infinitos nos presídios, que venha a prisão dos dez mil, a fusão absoluta entre os partidos e as facções, os novos livros de poesia enterrados no deserto, essas flores difíceis, o pólen, o pólen...

Meditações após a contemplação do nó da madeira

* É de grande utilidade perceber o entrelaçamento dos estados de sonho com o 'on-line', as conversões onírico-topológicas do tempo em tempo imperceptível, é um dos efeitos da osmose com a máquina, A ÁRVORE POSSUI O EFEITO INVERSO, embora ela também nos conduza a um estado de entrelaçamento com um hibridismo do sonhar, isto qualquer pajé sabe, a diferença é que A ÁRVORE É UM ANJO REAL sendo suas copas e raízes na verdade asas que se movem no céu quântico.

** Todos estão no ar e ninguém está na Terra e por isso o devir-indígena é o ato insurrecional por excelência, em suas dimensões nomádicas ele também está entrelaçado com o devir negro, embora muitos prefiram dizer o oposto por acreditarem que há um enraizamento ôntico de um lado e um desenraizamento ôntico, de outro. Vejo tudo como devires complementares.

*** Uma planta que rompe com os limites territoriais do vaso de plástico e atravessando a borda estende suas raízes no ar, tem muito a nos ensinar. Os lentos e quase invisíveis de tão nítidos movimentos arquitetônico-coreocosmográficos de uma planta e as flutuações do pólen equivalem a uma forma insurrecional de pensamento. A dança citada pelo Daimon de Nietzsche no ALSO SPRACHT ZARATUSTRA acontece no nó da madeira.

***** dissipa a névoa porque nenhuma palavra entra, é um peixe nadando dentro de um pássaro, dos pássaros, o paraíso que está nos ossos de quem o vê, jardim em volta do teatro, anjo do lençol freático procurando a música do inacreditável componente bacteriológico que criou a sigla do líquem dna anagrama de deus nenhum há, cancelemos a necessidade de UM em troca da imanência de nenhum, é similar aquela fotossíntese do caracol escondido na tese do ator-botânico, é similar a fotossíntese

NHEENGARISSÁUA RETAMAUÁRA

(CAOSMOSES)

(.....) "ElS-ME. oh mineraes fieis do Santuário do Tabernaculo do Testemunho que ha no Céo; já que, fulgorosamente nas vias subterrâneas dos valles profundos merejam, nas grandes agglomerações ao nível terrestre tacteando fluctuam servindo a minha canção vivente, recorda um soluçado testemunho: deante do meu Sacrosanto Throno-vivo; eis Que estrondo leal de um amor perfeito, o Santo Tabernaculo vivo Oriente, ordenou a corôação do meninino-vivo Oriente, o herdeiro de um Thuribulo-vivo que, queima Incenso, sem descanço noite e dia dizendo—: é vindo o anjo-vivo da mente-Santa, n'esta ingênua gloria de hymno sumptuoso chegado, na dourada nuvem, com a que, vos ilumínain-me, da agradavel altitude d'esta pureza-viva, recebem, o prêmio da benção divina; augumentar-vos-hei valiosos líquidos, legar-vos-hei vários bens, suscitarvos-hei outros tantos valles; no Santuário do Tabernaculo do Testemunho que ha no Céo, registrar-se-ha as tuas permanências, eis aqui, o mineraes fieis, o que, o Rei da Arca fiel da santa alliança annunciavos: sois bemditos d'esde o metal mais insignificante até o liquido mais precioso. Eu, o Real Príncipe dos Príncipes Oriente, o Filho dos mineraes-vivos do Santuário do Tabernaculo do Testemunho que ha no Céo; o que, testifico e dou testemunho d'esta. grande bemaventurença" (...)

Fragmento do livro 'Revelações do Príncipe do Fogo' de Febrônio Índio do Brasil

"Toda forma, qualquer que seja ela, pelo simples fato de que existe como tal & resiste, necessariamente perde vigor & se torna desgastada; para recuperar o vigor, ela deve ser reabsorvida no amorfo, ao menos por um momento; ela deve ser reestabelecida à unidade primordial da qual descendeu; em outras palavras, deve voltar ao 'caos' (no plano cósmico), à 'orgia' (no plano social), à escuridão (como semente), à 'água' (batismo no plano humano, Atlântida no plano da história, e assim por diante)."

Mircea Elíade

"Esmague os símbolos do Império, mas não o faça em nome de nada que não seja a busca do coração pela graça"

Hakim Bey

"O que é Deus, não o sabemos. Ele não é luz, não é espírito.
Não é verdade, nem unidade, nem um, ele não é aquilo
que chamamos divindade.
Não é sabedoria, não é intelecto, não é amor nem querer
nem bondade.
Nem uma coisa, muito menos uma não coisa,
Não é uma essência, não é um coração.
Ele é aquilo que nem eu, nem tu, nem nenhuma criatura,
antes de ter-se tornado aquilo que ele é, jamais conhecemos."

Ângelus Silesius

A Love Supreme

Se houver um treinamento para o entusiasmo timorístico
sentiremos o tremor essencial da matéria escura
em nossos corpos
nossa vida se mudando para
as topologias cósmicas
o grande teatro do estremecimento
onde os blocos erráticos
trincaram
derreteram
O bloco econômicoeurotaoísta
os bancos da suástica
O bloco cínicojudaicocristão
as escolas da contenção do corpo
O blocoevangélicomilitar
os bancos da ira, a engenharia do ódio
contra tudo isso
treinaremos
no êxtase do tremor
somos placentas rizomáticas
uns dos outros
peixes de água
treinando o ser da espuma
na tempestade hierofânica
mergulhadores misticos da imanência
do entusiasmo
portas feitas de chaves
eus que se abrem infinitamente
como rosas de ninguém

Rosas-Biocosmogônicas
Rosas-Imunológicas
Rosas-da-extimidade esferológica
ouçam

porque o pudor obstrui-se naqueles corpos conscientes de desejos
Sob um véu discreto deglutem suas sexualidades
Sob um palco vazio comemoram a plenitude
Enquanto dentro de si atravessam contingências opacas

Assemelham-se às imagens latentes de culpa e separação
sem a compreensão da potência de estar-aqui
agora

pretensiosos
recorreram ao abismo das fraturas cruas e brechas retorcidas
ao acordo psicótico
com o líder jesuítico
A anatomia global está rompida

Não existem verdades na espuma

jamais subestimamos o tempo que se quebra
nem as ondas de cores que se refazem
as inscrições subvertem-se em seus fundos autônomos
plenos de gravidade vermelha e azul
e o procedimento púdico utiliza-se de cristais, espumas e folhas
da manhã para imantar a velha carne

no sentido oposto

mergulharemos nas
estruturas ontológicas
como tradutores despertos
atravessaremos a noite
carregada do som da calda fetal
até transformarmos nossa vida em vida que sai da frente
da vida

Escrito com Vitória Savini

A Love Supreme

Cruz e Souza: Existe uma rutilância sublime nas auroras em contraste com o tempo que nos assombrava que tornava pálida a luz destas chamas que fomos e que hoje é musical se a este sonho for comparada.

John Coltrane: Talvez venha do Senhor todo esse resplendor, a luz invisível que era a música que hoje não podemos mais separar de nada, até da nossa carne, este pó de luz que volta a ser luz e de novo pó da luz

Cruz e Souza: Sim, entendo teu discernimento da música é dentro da arquitetura da etérea leveza das experiências, eras músico...

John Coltrane: Não, tentei não ser isto, eu tocava para o altíssimo e tudo o que eu fazia era orar e receber os sinais, Ele só desce pela escada das harmonias celestiais e a música e a oração são a mesma coisa, como degraus dessa escada

Cruz e Souza: Já que falaste em escada, vamos subir...

Coltrane: Impossível todos os movimentos aqui são indiscerníveis, não há como saber se estamos subindo ou descendo

Cruz e Souza: O que realmente quis dizer é sigamos a escada, só a escada se move, todo o resto que inclui o tempo, as coisas e os lugares estão como que cristalizados em uma espécie de fogo congelado.

Coltrane: A Escada é Deus?

Cruz e Souza: Ainda não, mas ela se move em todas as direções e certamente deve ter passado por ele, você não se lembra da música?

Coltrane: Preciso me acostumar com isso, porque antes ela era invisível...

Cruz e Souza: A escada é a música

A Love Supreme

Shakespeare: Fala de Romeu

"(......) Que o amor cujos olhos estão sempre vendados,-tenha que encontrar sem visão nenhuma o caminho franco para seu desejo (......) Aqui onde o ódio dá muito trabalho e amor ainda mais. Ah, o amor tão pleno de conflitos e delicadas violências! Ah, o o ódio amoroso que envolve todas estas coisas que vieram do nada e irão para o tudo. Levezas pesadas, egoísmos nada sutis, vaidades rigorosas. Caos de formas desejadas chamado vida. Pluma de chumbo que flutua,sono acordado que sonha em pleno dia e tudo que é mais do que é... Assim te sinto, Amor"

Shakespeare, Romeu e Julieta. Tradução/Traição do Autor

Voltando para a floresta-sem-floresta que a película de Berkeley sempre confundida erroneamente com o véu de Maya continua escondendo. Nesse lençol de luz e gravidade que chamamos de VISÕES a 'Une rose seule, c'est toutes les roses' continua cantando:
"Ó imenso mar das formas coberto por este manto de olhares imensamente fechados... Logo mais TUDO estará flutuando como o sonho

Para acabar de uma vez por todas com o amor, basta chamá-lo de amor e esperar que a palavra dissolva A

COISA... Que morre dentro do pote de vidro fechado de um nome ou passa como essas nuvens clonadas na superfície desse mar emprestado por um filme onde elas se deitam como putas ou dentes-de-leão filtrando um ex-poema dentro do pó. O amor é o esqueleto de um inseto.

A Love Supreme

Morning is due to all-
To some-the Night-
To an imperial few-
The Auroral light.

A luz da manhã é para todos
A da noite para uns poucos
apenas raros escolhidos
podem ver até o final
A luz da aura real

Emily Dickinson
Tradução/Traição do Autor

Sobre as manifestações de junho de 2013 e os Black Blocks traduzido em inglês por pollutionculture
pollutionculture é um coletivo americano de ativismo político-cultural, esta tradução, foi anteriormente publicados no site Musa Rara está circulando pela web e fora dela

I - Manifestos

Nostalgia for the future was the feverish dream that dominated at the beginning of the century, from 1900 until the second world war; everyone was so carried away with the idea that the future was their ontological center; from the 1960s until the end of the 20th century, Nostalgia for the past was the vector - whether it was an edenic, bucolic, idyllic past (like for the hippies for example), or a slaverybased, feudal past (for the dominant elites, the ultrarightwing conservative bourgeoisie, and so on); what we have seen in recent events, which set off the various mass protest marches across Brazil, is the beginning of the death of Nostalgia and the advent of the Present; finally we will arrive at a "present time" which will inaugurate a place without center as an ontology, something much like the Internet, but much more complex than it is now.

Condemned to traverse an empty void that serves as a prophecy, a void that is like a blank music-sheet for the creation of a new status for the "social order," which finds its simile in the cartography of the net, and its simulacrum in secular institutions, we can now say that "Brazil is no longer the country of the future," because all these movements of indignation and desperation refuse a familiar becoming to the inauguration of a creative void in the infinite present.

Class thinking (primarily that of the dominant class) is extremely reductive, in light of the complexity of the spontaneous occurrence of all these precise gestures of negation, duly recorded for an evaluation which always escapes us whenever we try to frame them; those gestures, whether the obvious gestures of vandalism or their opposite, traverse all social classes and must be analyzed outside of the decayed lines of binary or economic thinking, and outside the categorical lines of sociology.

I - Manifestos

A nostalgia do futuro era a febre que dominava o começo do século, de 1900 até a segunda grande guerra, todos estavam siderados pela ideia de que o futuro era o centro ontológico, nos anos 60 até o final do século XX, a Nostalgia do passado era o vetor, seja ele um passado edênico, bucólico e idílico (nos hippies por ex.) ou um passado escravocrata e feudal (nas elites dominantes, na burguesia conservadora de ultradireita e etc.), o que vemos nos recentes acontecimentos, que desencadearam as várias marchas de protesto em todo o Brasil, é o começo da morte da Nostalgia e a chegada do presente, finalmente chegamos a um 'tempo presente' que inaugura um lugar sem centro como uma ontologia, algo muito parecido com a Internet, mas muito mais complexo do que ela. Condenados ao atravessamento de um vazio que ocupa o lugar de uma profecia, um vazio que é como uma partitura em branco para a criação de um novo status para a chamada 'ordem social' que tem na cartografia da rede seu símile e nas instituições seculares seu simulacro. Podemos dizer que o 'Brasil não é mais o país do futuro' porque todos estes movimentos de indignação e desespero negam um devir conhecido para inaugurar o vazio criativo de uma presentidade infinita. O pensamento de classe (da classe dominante principalmente) é extremamente redutor diante da complexidade do acontecer espontâneo de todos estes precisos gestos de negação devidamente registrados para uma avaliação que nos escapará sempre que tentarmos enquadrar estes gestos, sejam eles, os óbvios gestos de vandalismo ou seus opostos, gestos que atravessam todas as classes sociais e precisam ser analisados fora da linha podre do pensamento dicotômico, econômico ou das linhas categóricas da sociologia.

II - Manifestos (Part two)

A second instance of the power of invention is materialized in the movements of street occupation, whether in their attack on symbols (through the actions of the dimension known as the Blocs of those forces) or in the occupation of the public way by groups of people in differently organized flows; the latter phenomenon, which I refer to as the "reflux and creation of a conceptual cartography" that will give rise to new strategies for the organization of revolt, is in full force as I write, but such forces cannot be associated with some group x or group y – they are the fruit of the process that began between 2000 and 2010 of the creation of an autonomous deliberative thinking as a possible practice, a kind of thinking that liberated itself and spread out in all directions along the crystallization of its enthusiasms, and is underway now within the collective bodies, whether they are municipal councils, associations, unions, or collectives, liberated itself to act outside of certain binary determinisms;
there is an interlacing of the actions taken by these flows, which are like amplifications of the flows of crack-addicts or homeless people pushed out of certain urban areas, and the infinite march of crack-addicts at rock-bottom, or the infinite march of invisible people mostly made up of the homeless;
these constant manifestations, when they assume a configuration as the extremes of an absolute violence, are the paradigmatic atoms of these flows, and operate in synergy with them.

II - Manifestos (Segunda parte)

Uma segunda instância da força de invenção materializada através dos movimentos de ocupação das ruas, seja pelo ataque aos símbolos (através das ações da dimensão chamada Bloc destas forças) ou pela ocupação das vias públicas por grupos em um fluxo organizado de outro modo, esta segunda instância que chamo de 'refluxo e criação de uma cartografia conceitual' que irá desembocar em novas estratégias de organização da revolta está em pleno vigor no momento em que escrevo este texto, mas é necessário não associar tais forças a um grupo x ou y, elas são o resultado de um processo que se iniciou entre 2000 e 2010, da criação de um pensamento autônomo e deliberativo como prática possível, este pensamento se emancipou em todas as direções para longe da cristalização que ocorre de seus entusiasmos dentro dos organismos coletivos, sejam eles conselhos municipais, grêmios, sindicatos ou coletivos, se emancipou para agir fora de certos determinismos dicotômicos, existe um entrelaçamento entre as ações destes fluxos que são como que amplificações dos fluxos de viciados em crack ou de moradores de rua expulsos de certas zonas urbanas e da passeata infinita dos viciados em crack ao rês do chão ou da passeata infinita de pessoas invisíveis composta essencialmente por moradores de rua, estas manifestações constantes ao se configurarem como extremos de uma violência absoluta são os átomos paradigmáticos destes fluxos e operam em sinergia com eles.

III - Black Bloc Forever

To close this small essay, where I have been analyzing this June's manifestations, I will now defend the black bloc movement as follows: there's nothing wrong with destroying what should not exist. This seems to be the premise behind the Black Bloc, and it is a profoundly logical statement, which involves a transformation of critical analytic thought into direct action; I do not see in it a materialization of nihilistic impulses of an infantile nature, indeed just the opposite; in fact these seem to me to be interventions of the creative energy of the anarchist imagination, which perhaps at moments is fed by a desire for revenge, considering the fact that the great metropolises were founded on genocide, massacre, despoliation – founded on crime. The Black Blocs could perhaps replace their masks with the uniforms of the military police, and thus create a gigantic happening.

It is within the happening dimension that the Black Blocs' actions have undergone a fierce amplification, far beyond the power of their destruction of the symbols of oppression, power, its centering of violence organized as a service; out of fear that his symbols would be ridiculed and rendered humorous, one of the first groups Hitler persecuted was the comedians – and one of the greatest fragilities of the Bakuninist strategy of State symbol-destruction is the tragic excess of seriousness among its members, the epic dimension of those valuable acts that operate as propositions of creation through destruction. Humor is one of our greatest weapons; also, to act in silence, in what Hilda Hilst in one poem refers to as "lucid waking life" would also be an interesting strategy. One thing we can say for certain about all these

actions is that now a new dimension and a new field of action has opened for the Black Blocs, where they can all take action as artists, as a dangerous fusion of court jesters and psychic guerrillas. Certain causes, such as the cause of free, open Wi-Fi, and free Internet for all, in practice and not just in theory; free access to public transit; demilitarization of police forces, and true autonomy in decision-making for community councils, for social self-control and the beginning of the end of the control society, are now opening up to the Black Blocs as a possible vector of action that is becoming ever more timely, humorous, and destructive, actions that are a response to the massacres and genocides sponsored by the militarized state in the zones of exclusion, genocides and massacres that ought indeed by all rights to give rise to a new "Nuremberg Trials" in Brazil, both for those who are in power now, and for those who preceded them in power.
Long Live the Black Blocs! And, as the São Paulo band "Titãs" says in their song, "the destroyer's face": The builders can't build unless the destroyers first destroy.

III - Black Bloc Forever

Encerrando o pequeno ensaio onde analiso as manifestações de junho e suas irradiações, agora elaboro aqui uma defesa do movimento black bloc, não há nenhum problema em destruir aquilo que não deveria existir, esta parece ser a premissa dos Black Blocs, um enunciado profundamente lógico, quando o pensamento crítico analítico se transforma em uma ação direta, não vejo nisso um excesso ou a materialização de impulsos niilistas de fundo infantil mas sim o oposto disso, me parecem na verdade intervenções da energia criadora a partir de um imaginário libertário que talvez em alguns momentos se alimente do desejo de vingança, se pensarmos que as grandes metrópoles foram fundadas sobre genocídios, massacres e espoliações, enfim, fundadas pelo crime. Os Black Blocs poderiam substituir as máscaras por uniformes de soldados da PM e freiras e padres e criar assim um gigantesco happening. É dentro da dimensão do happening que acredito as ações dos Black Blocs sofreriam uma ampliação feroz, mais do que a força da destruição dos símbolos da opressão, o poder, em seu centramento de violências organizadas como serviços, teme a ridicularização pela via do humor de seus símbolos, Hitler perseguiu primeiro os humoristas, uma das maiores fragilidades da estratégia bakuniniana de destruição dos símbolos do Estado é o excesso de seriedade trágica de seus membros, a dimensão épica de tais atos de valor que funcionam como proposições da criação através da destruição, o humor é uma das nossas maiores armas, agir em silêncio naquilo que um poema de Hilda Hilst chama de 'lúcida vigília' também seria uma outra estratégia interessante. O que podemos aferir de todas estas ações é que se abre agora uma nova dimensão e um novo campo para os Black Blocs, onde todos podem agir como artistas em perigosas fusões de bobos da corte com guerrilheiros psíquicos. Algumas causas como a do Wi-Fi aberto e a Internet livre para todos na prática e não em tese, o passe-livre, a desmilitarização das polícias e uma verdadeira autonomia deliberativa para os conselhos comunitários gerando um controle social e o início do fim da sociedade de controle se abrem para os Black Blocs como vetor de ações cada vez mais pontuais, humorísticas e destrutivas, ações que são uma resposta aos massacres e genocídios patrocinados pelo Estado militarizado em zonas de exclusão, genocídios e massacres que deveriam gerar uma espécie de 'Julgamento de Nuremberg'no Brasil para os atuais governantes, os atuais e os anteriores. Longa vida aos Black Blocs! Como diz a canção 'A face do destruidor' da banda paulista Titãs: O construtor não pode construir porque o destruidor não destrói.

A Love Supreme

Manifesto Sabiá

Conversando com um amigo sabiá, rimos muito das reclamações que fizeram de seus cantos. Ele disse que os cantos que mais incomodam são os quânticos desatrofiantes, que interiorizados oniricamente na cidade geram como primeira reação uma imediata indignação com os véus cegantes da pseudo exterioridade, e tem como consequência um acordar-revolta contra o próprio canto-reza (ele nomeou esse processo como ornitoclash anticósmico). Disse ainda que repelimos os cantos dos sabiás e dos sábios com a mesma ignorância que destruímos as abelhas humanas, atordoados e anulados pela pluriesquizofonia congelante e assassina do irreal. Tive de concordar, e rimos ainda mais. Quando lhe perguntei sobre os limites da desrazão, ele voou.
Depois me deitei no sofá e sonhei que ele não havia voado e havia começado uma convenção telepática de Pássaros do mundo inteiro e o Sabiá pousou em cima da lâmpada da sala e começou um canto-diálogo com o 'Ele' que é o eu dos sonhos:

Sabiá: - Nós somos o mesmo pássaro, mas de todas as formas de asa o seu olho é a mais bonita, a asa fechada no círculo, com todos estes fios finos

Ele: - Supercordas para receber as imagens do cosmos disfarçadas

Sabiá:- O canto do olho cria todos os sóis, você é um Sabiá diferente dos outros

Ele:- Eu sou um Sabiá, porque é o que todos nós dizemos quando encontramos vocês, definição é o assassinato pela nomeação

Sabiá:- Sim, vocês cantam isso com o olho-boca, mas a porta, o que vocês chamam de bico em mim, é em outro lugar na cabeça e é também um ovo que vocês quebram por dentro

Ele:- O cérebro, o nome do nosso bico é cérebro

Sabiá:- Então a flutuação dos raios é para dentro dos fios, aqui o ar é delicado e podemos conversar, mas meus eus estão chamando e tenho de voar para fora do seu dentro.
Eu acordo e não consigo mais pensar em outra coisa a não ser na origem da palavra 'Sábio' e na ligação entre o canto dos Sabiás e o canto quântico dos Pré-Socráticos.

Escrito com Kleber Nigro

Existir sem ser / Como em

Sinto meu esqueleto com sua pele e carne e pelo girando e girando, olhando pro céu e se contorcendo, entre escombros, encenando lentamente o que poderia ter sido o inexistido,

de tempos em tempos sinto esse êxtase sutil que é também a agonia depois convertida na lucidez, do pó flutuando na luz, procurando o esvaziamento da paz vegetal, síntese dessa transfiguração do impossível em sangue, girando e girando debaixo do abismo azul com seus estilhaços de cansaço sem começo nem fim, esvoaçando por dentro,

mesmo parada estou correndo como uma corça no escuro, na direção da cama-savana, na direção de algum campo de silêncios, sem jamais ter ouvido minha voz chamar meu nome transubstanciado em outro corpo ou circunstância

meus cílios pressentem esse peso, reverberando em meus ombros e no restante do corpo, conhecendo célula por célula um banho de sal do mar selvagem caindo sobre meu corpo, o milagre pousado dos micro-objetos,

no fim da tarde as espumas de passagem, carregam um quase acontecimento e começam a transmitir para os meus pés o sinal de reações que eu traduzo sempre como um estranhamento-entranhamento-estelar do momento dentro do tempo,

encoberta por um estar sendo que não participa do existir

como se houvesse o triunfo de finalmente se reconhecer no duplo de carne e sangue, no instante-nunca que separa o existir e o viver do antiquíssimo estar sendo,

ficarei nesta zona ambígua de semisono

até que a chuva caia sem aviso para que depois o improvável e misterioso raio de Sol, entre no mar, toque o meu corpo e me salve através do espaço

Meditações sobre a morte e o amor

O amor e o horror, ambos superestimados e subestimados simultaneamente são colados um no outro pelo inexistente sorriso dos mortos, não se fabricam caixões para dois, como diz Ademir Demarchi num poema. O fato é que somos a soma dos nossos mortos e se não morremos de um modo ôntico para nós mesmos o amor se torna uma incompletude ou uma impossibilidade limitada pela forma ou pelo objeto do amor, no amor cortês essa morte é regulada por ritos de cortejo e a idéia do amor é sempre renovada, talvez resida neste tipo de abordagem pragmática do amor, sua primeira mitificação funcional, soterrada hoje pela velocidade, sofreguidão e ansiedade com que os afetos são "vividos".

(continua na Floresta)

Abaixo um roteiro para dança que escrevi por encomenda para duas dançarinas de Santos, desde que conheci o trabalho de Takao Kusuno, um dos gênios da dança brasileira, que trouxe o dançarino Kazuo Ohno ao Brasil, penso em escrever roteiros para dança, este é o primeiro deles:

Não tenho dúvidas de que a dança é a coisa mais próxima do 'vigor' poético do mundo e de que o amor pode fazer uma mulher renascer e se tornar ela mesma, diante de um 'esquema de opressões' que a condenam a viver em um casulo de trabalho e devoção aos cuidados com um filho, a devoção é uma espécie de amor que não deixa espaços para clareiras, mas eis que como diz Proust em sua busca, a confiança e a conversa se unem ao amor, dão um sentido prático e alegre ao encontro de intensidades e isto como uma bússola, se torna capaz de apontar onde estão estas clareiras na vida de uma mulher, tive a honra de ter conhecido uma mulher extraordinária neste ano e de testemunhar como a dança serve ao amor, isso mudou não apenas minha vida para sempre, mas também meu modo de encarar a poesia, não mais como um dom,ou um trabalho solitário, mas como uma ressonância do que significou para mim, sentir a beleza da vida materializada em um corpo que dança, agora sei que escrevo para tocar de novo nesse momento em que uma mulher, o amor, o tempo e a dança se tornaram uma só coisa, chamada Vida.

O Sagrado

Peça para dança performática em um ato
Para ser encenada\dançada ao som de Arvo Part

Ela entra

(Vestida de Branco, representa Lázaro)

Ela se move
Por isso o sagrado existe
Ela se deita
E diz
Eu sou além do tempo minha respiração é luz e silêncio

(Ela se deita)

Ela se deita e dorme por isso a morte existe

A outra entra

(vestida de branco representa Cristo)

realiza sobre a outra uma dança com as mãos sobre o corpo dela como se das mãos saíssem raios de luz, depois calmamente passa as mãos pelos cabelos ou os penteia enquanto ela passa as mãos ou penteia os cabelos ouvimos avoz dela separada do corpo dizer:

Que eu não seja Real
que só tu o sejas
que vc sinta o mar
dentro do Sol

A outra se levanta bem devagar como um peixe que volta para a água
As duas realizam um improviso onde um corpo que se levanta segue linhas finíssimas e invisíveis que saem de outro corpo, até que as duas estejam de péuma de frente para a outra, permanecem em silêncio uma olhando para a outra

Atrás das duas devem estar dispostos uma bacia e uma cadeira, Ela dá umpasso para trás bem suave e coloca os pés na água e se senta ao mesmo tempo, com lentidão e sem tensão.

A Outra dá um passo para a frente e se abaixa, como se houvesse um pássaro morto em sua cabeça, que pesasse muito, enquanto se abaixa, apanha uma lanterna que deve estar amarrada na cintura e assim que seus cabelostocarem na água, ela acende a lanterna e a aponta para a água.
Essa dança da luz na água deve durar alguns segundos, logo após A outra deposita a lanterna acesa na água, a única luz deve ser a dessa lanterna na água. Ela se levanta e a outra também se levanta, em tempos quase simultâneos, uma segura as mãos da outra

Ela: Volto a ver em uma única direção
A Outra: Posso estar em todos os lugares
Ela: Porque a morte e o morrer são como dia e noite

Todas as luzes devem se apagar

Escuridão

Fim

A Love Supreme

, são os anjos dos fatos por isso é silencioso o infinito.

A vida humana é como um Sol, seus raios interiores tocam as coisas e os fatos, deixando neles esta luz que só percebemos quando ela está em seu estado natural de sonho invisível, fatos e coisas ao serem transportados para a dimensão das palavras se tornam mais silenciosos, este é o mistério que pode envolver uma carta ou um livro, principalmente um livro como este, onde os fatos ganham não apenas a cor invisível da dimensão das palavras, também se emancipam e procuram o teor sagrado do indizível que paradoxalmente foi delicadamente dito, deixando intacta sua condição, apenas uma poeta teria esta delicadeza de deixar intocado apenas aquilo que em si mesmo não procura a dimensão da palavra sem contudo deixar de tocar levemente com a palma das mãos, neste indizível... Podemos pressentir no silêncio que envolve estes textos como um véu que a vida humana é ela mesma o Verbo, que ela é uma fonte objetiva do sagrado, um Sagrado que é vizinho da alegria, da contemplação e da ironia socrática. Um grande sufi disse certa vez 'os poetas procuram mais a poesia do que o amor, mas como o amor procura a mesma coisa que eles, acabam se encontrando ambos em um mesmo deserto', este livro foi escrito contra este Deserto, por alguém que o conheceu intimamente quando ele ainda era um jardim. É óbvio para mim hoje, que esse deserto foi iluminado pelos fatos e pelas coisas que são os insuspeitos raios deste Sol que atravessam somente o tempo-eternidade. Também é óbvio para mim que os que condenam a si mesmos a uma redução da vida do espírito, não sabem que não existe a vida do não espírito ou seja que não existem dicotomias e que tudo habita poeticamente o mesmo lugar onde é possível o tempo-eternidade, todos habitam o mesmo mundo de onde alguns fatos se distanciam e desaparecem no tempo cronológico e outros permanecem sendo no tempo-eternidade das coisas reencontradas ali onde a noite em claro transcende a memória e sutilmente toca no indizível. E o que são estas crônicas escritas no decorrer dos tempos, senão evocações desta ligação entre o tempo-eternidade e esse misterioso sonho que se dissipa dentro do tempo cronológico. Cantando no deserto do tempo, as coisas estão silenciosamente chamando pelo nome dos mortos e de tudo aquilo que na vida está imantado pela visão como oração e anti-profecia, aqui os fatos que de um modo ou de outro tocaram de leve no indizível ou no sublime e estão tentando materializar-se não como lembranças mas como mistérios visíveis, somos simples servidores deste mistério onde as palavras sempre foram um reflexo da luz deste Sol no oceano dos mortos, nós, somos como ilhas, como tigres, como pássaros e estas outras ilhas, onde pousaremos por pouquíssimo tempo, estas com quase nenhuma terra são os anjos dos fatos

A Love Supreme

O roubo da voz efetuado pela memória é meu farol

I dwell in Possibility-
A fairer House tha Prose-
More numerous os Windows-
Superior- for Doors-

Emily Dickinson

O jogo da água é o nome de uma rua por onde passam alguns ensaios antes de irem para o trabalho, ou seja para a ponte das sinapses, o que se parece com um sonho com um dos personagens de Los Siete Locos de Roberto Arlt chamado 'O Astrólogo', o fato é que os ensaios são um personagem, Machado foi um dos inventores desse ilusionismo metafísico, ele mesmo, um ensaísta dentro de um contista e de um romancista, o oposto é o narrador desta trama, existem doses de realidade e de sonho equivalentes, no espaço que um ensaio cultiva em relação ao outro, um encontrão entre os ensaios seria demasiado barroco e a luz que poderia surgir dessa fricção amorosa e nada aleatória, pode nos cegar de novo, comenta Jorge Luís. Um dos ensaios reivindica um parentesco sutil entre meu Cavalo e Roberto Bolaño, não sei se ele está aqui neste pequeno navio, os trabalhadores do cais ontológico, estão em greve, uma greve lírica, como a greve dos marceneiros do poema anônimo, descendentes dos poetas egípcios da quinta dinastia, de

Mêncio e de alguns dos melhores alunos de Omeros, a grafia que resgato é esta. Que prescinde do esotérico 'H', que segundo consta é um dos nomes do Altíssimo. Vocês, podem me acusar de roubar o estilo de Jorge Luís, mas o roubo do estilo é uma forma de afeto superior, do qual todos os boons escritores sofrem, nada de angústia, algo melhor do que a influência, este antigo nome da gripe, o roubo puro e simples, este mestre do Capital, esta outra doença essencial dos séculos mais novos. Através do roubo do estilo, dá-se também a revelação do espaço para o pensamento. Vocês realmente jamais poderão saber se este texto é uma ficção ou um ensaio, o hibridismo, muito útil aos antigos deuses pagãos e panteístas, coisas quase opostas, que também se confundem, como estava dizendo, o hibridismo é um trunfo de uma época mestiça, onde predomina esta altíssima esfera do pensamento, a esfera mestiça. O jogo da água é uma rua abandonada habitada por pássaros silvestres, como os citados em um romance americano, que tudo deve a Dreiser, chamado 'Liberdade'. Alguns pássaros chamam a atenção dos ensaios que passam concentrados e um pouco assustados por causa da greve lírica, um dos pássaros emite um estranho som que lembra vagamente a letra 'K', outro gosta de voar próximo das janelas dos ônibus, onde dormem alguns ensaios, um momento lúdico, para as mágicas do inconsciente, este deus inexistente e por isso mesmo real, como todos os outros deuses interiores que procuramos na paisagem. O modelo para este texto é certamente Jorge Luís e seus labirintos sonhados não por ele, mas por M. C. Escher, um personagem de Jorge Luís que jamais foi imaginado por ele. Os ensaios gostam mais do oceano e da vocação dos oceanos para a poesia absoluta, do que dos navios, me parece que isto é uma das mais misteriosas características dos ensaios. Eles, como Ahab, são partidários do afastamento perene de todo o barulho das cidades, gostam de ouvir as árias oceânicas, ecos da voz dos deuses e nome primordial da senda humana sobre a terra, aí está um paradoxo, seres feitos de água por onde se move o pensamento e o amor, seu silencioso pastor, os humanos podem em seus momentos de maior e menor lucidez, porque a lucidez se movimenta como uma respiração da Alma, onde expiração e inspiração são simultâneos, e nestes menores-maiores momentos da visão, nós, humanos podemos ser atravessados pelos ensaios, por que afinal, somos nós o resultado de seu trabalho, a criação de conceitos, como este da humanidade. Nada mais deve ser dito sobre estes seres criadores de conceitos e de perguntas, quando fechamos as pontes das sinapses, os ensaios descansam em paz, um sono muito frágil dentro de suas casas vegetais, estas estranhas e encantadoras casas feitas apenas com duas portas, uma ao lado da outra, se abrindo simultaneamente para fora... Portas que dão para a boca e os olhos de um singularíssimo oceano.

Comentário do Astrólogo: Enquanto eu mesmo caminhava pelas ruas de Névoa, não pude deixar de pensar em seu texto sobre os Ensaios, você de fato, simula o estilo de Jorge Luís,mas a ponte imaginada por você, me parece uma cópia exata embora abstrata e subjetiva da ponte de vidro de Névoa, todas as casas e pontes aqui são de vidro, devo dizer que escrevo para você do inimaginável ano de 26666, e para que você entenda, como seu texto chegou até mim, devo afirmar que sempre que certas metáforas são evocadas e metáforas como você sabe criam uma nova dimensão da realidade, algumas dimensões do tempo se tocam, como nos sonhos, metáfora que fabrica metáforas automáticas. Devo falar sobre a cidade de Névoa, antes de expor o que realmente encontrei em seu texto, em Névoa a moeda é luz e ventilação, por isso o asfalto foi há tempos substituído pelo 'vidro astral', uma espécie de vidro levíssimo e fluídico, muito mais próximo da água do que da areia,um tipo de vidro que deixa passar as moscas e os pássaros e que podemos atravessar, como se fôssemos fantasmas, aqui em Névoa, temos a densidade etérea dos mortos e se entre nós, caminhassem estes ensaios que você cita em seus textos, eles seriam ensaios-fantasma. Um momento estamos recebendo uma ligação de Jorge Luís

Jorge Luís Borges direto do spiricom-skype: Caríssimos detentores da forma física, esse peso etéreo da experiência que contrasta imensamente com nossa leveza de seminuvem, a leveza dos que deveriam ser olvidados, dos tigres extintos e das pirâmides enterradas. Meu abandonado nome foi algumas vezes por vós mencionado, e sempre que estes sons que agora tem a estatura dos sonhos insonhados, são ditos, sentimos este leve e nostálgico tremor que sobe do ar dos existentes até aqui, um lugar que, se não está tão distante, quanto o inexorável ano de 26666 de onde escreve nosso amigo, é igualmente inimaginável, estes seres que são mencionados, tão irreais e palpáveis como os seres dos espelhos, suscitam em nós, uma pergunta: Não seriam 'O Astrólogo', A Cidade de Névoa, o Deus dos Ensaios e os próprios ensaios, a mesma e única coisa, chamada 'Imaginação autônoma do mundo'? Não seria o pensamento e as ruas de todas as cidades, sejam elas do século 2 ou do século

30, apenas formas do pensamento? Não será a resposta para este axioma, misteriosa como uma mão dentro de um Dragão?

Conclusão do Cartógrafo: Aqui onde estou, caminho por ruas antigas, sem placas, ruas que foram reivindicadas pela grama e pelas árvores, onças e serpentes dividem com imensas borboletas, o espaço destes túmulos que já foram casas, não vejo nenhum vestígio dos antigos, viventes que atravessavam estas ruas, dentro dos túmulos, pilhas e pilhas de livros, estão ali, milagrosamente intocados e em perfeito estado de conservação, tal como acontecia com o cadáver de antigas múmias e santos. Aliás, era este o nome desta cidade abandonada, agora, devo caminhar até o mar, única paisagem que permaneceu inalterada, me parece que os navios, encalhados na praia, estão repletos de livros e de mapas.

A Love Supreme

'Tudo o que existe veio do sonho, não existe o segundo ontológico, apenas o instante'

a identidade e o tempo cronológico são dois mitos perigosos como o mito das fronteiras, no fundo ou qualquer outro deslocamento da palavra mito que não seja no corpo de sonho, somos o Outro e não existem fronteiras entre essa ilusão que chamamos de 'eu' e tudo o que nos cerca, mas a morte que não é um mito, nos ensina isso sem que seja necessária sua chegada definitiva, desde que uma desilusão que ilumina não seja anulada por nossa parvoice e egoísmo (.........) Percebo o vazio sem silêncio que é a aura das paisagens destas cidades sem aura, sinal sutil da ausência de espírito, palavra que talvez não signifique praticamente nada, no tempo da velocidade dos assassinatos invisíveis, a verdadeira vocação das grandes cidades, é a vocação para os assassinatos invisíveis da vitalidade, São Paulo, por outro lado, é o lugar ideal para a preparação das minhas aulas para um curso de silêncio, a ética do evento, para mim é apenas uma forma de contornar o vazio para tentar os silêncios difíceis, tão difíceis que ganham o 'status' de pequenas ressurreições do espírito, a carne, apesar da alegria, não ressuscita e isto está mais do que comprovado, mas o espírito, o espírito não é tão fácil assim de matar, sobrevive com elegância aos massacres do amor e da guerra, o espírito é a orquídea do vazio.

A Love Supreme

Hino Nacional Brasileiro em Tupi

Diante do suicídio coletivo anunciado dos índios, esse hino ganha um outro sentido, em geral hinos nacionais não fazem muito sentido, mas este deveria ser cantado em protesto junto com uma greve geral diante do assassinato e nadificação do índio ou seja de todos nós, promovido pelas políticas nacionais e internacionais por omissão, falta de vontade política, falta de compromisso e interesses mercantilistas, podemos e devemos acusar o governo brasileiro e os organismos internacionais de serem cúmplices em um crime sem precedentes na história desse país que parece ter sido fundado pelo crime. Indios suicidados significam a falência ética e espiritual de todos os brasileiros. De que adianta ser a sexta economia do mundo se em 'estrutura societal' estamos praticamente na estaca zero.

Nheengarissáua Retamauára

Embeyba Ypiranga sui, pitúua,
Ocendu kirimbáua sacemossú
Cuaracy picirungára, cendyua,
Retama yuakaupé, berabussú.

Cepy quá iauessáua sui ramé,
Itayiuá irumo, iraporepy,
Mumutara sáua, ne pyá upé,

I manossáua oiko iané cepy.

Iassalssú ndê,
Oh moetéua
Auê, Auê !

Brasil ker pi upé, cuaracyáua,
Caissú í saarússáua sui ouié,
Marecê, ne yuakaupé, poranga.
Ocenipuca Curussa iepé !

Turussú reikô, ara rupí, teen,
Ndê poranga, i santáua, ticikyié
Ndê cury quá mbaé-ussú omeen.

Yby moetéua,
Ndê remundú,
Reikô Brasil,
Ndê, iyaissú !

Mira quá yuy sui sy catú,
Ndê, ixaissú, Brasil!

Ienotyua catú pupé reicô,
Memê, paráteapú, quá ara upé,
Ndê recendy, potyr America sui.
I Cuaracy omucendy iané !

Inti orecó purangáua pyré
Ndê nhu soryssára omeen potyra pyré,
ìCicué pyré orecó iané caaussúî.
Iané cicué, ìndê pyá upé, saissú pyréî.

Iassalsú ndê,
Oh moetéua
Auê, Auê !

Brasil, ndê pana iacy-tatá-uára
Toicô rangáua quá caissú retê,
I quá-pana iakyra-tauá tonhee
Cuire catuana, ieorobiára kuecê.

Supí tacape repuama remé
Ne mira apgáua omaramunhã,
Iamoetê ndê, inti iacekyé.

Yby moetéua,
Ndê remundú,
Reicô Brasil,
Ndê, iyaissú !

Mira quá yuy sui sy catú,
Ndê, ixaissú,
Brasil!

A Love Supreme

Sim a verdade é impossível com a linguagem,
ela não é *como o ar*
e seus anjos
que sobrevivem
em nossa paisagem cerebral
obscuros e transparentes
como O *espírito*:
A linguagem é um outro
tipo de demônio
e a verdade,
este anjo
do silêncio,
não o inacessível
mas algo tão belo quanto...
quanto o veludo-pétala de um bebê
na brilhanteza dos olhos que sabem sem razão
e conhecem a cor da simplicidade
que mora na mão trêmula do tempo
que nos move e muda e ultrapassa
nova carapaça que a língua não
cansa de tentar decifrar
como a luz de uma lanterna
na neblina
iluminando
um carro destroçado,
assim morre
a *Vida das palavras*
na impotência

do dizível,
na fragmentação do abraço
que seria a inteireza
na violação dos entendimentos sem códigos
lambidos pelos versos tão obscenos
que percorrem as ocultações cintilantes
entre corpos apalavrados
de reticências róseas
tão delicadas
que não as vemos
enquanto nos movemos
como fotografias
por dentro
do imantado poema
que se desmancha em negativo
por fora do peito latejante da palavra
que corta o ventre adormecido
dessa outra língua
que falávamos
antes de nascer.

(Escrito com Beatriz Bajo)

A Love Supreme

o nazismo psíquico é a ideia de que um ser está separado de outro por algum conceito, se pensarmos no inframundo, somos todos luz! a realidade da luz, no sentido em que ela é estudada pela física e no modo como ela se manifesta na arte e na magia, principalmente no cinema é mais importante do que a realidade ficcional de algumas religiões, partidos politicos e a da economia de mercado... Sobre as cosmogonias, algumas metamorfoses psíquicas provocadas pelas drogas também são cosmogonias vivas, mas a arte pode provocar metamorfoses psíquicas de outra ordem. (........) Não há nenhum sentido nos conceito de 'eu' como algo separado do ser das coisas (......) a poética da cosmovisão pode se utilizar de um copo d 'água ou de heroína oasca ou mescalina, havendo o exercício da busca do êxtase e não apenas o do encontro com o estase, que é o estado letárgico do corpo no instante em que ele acorda e que se perpetua quando nossa atenção fica dispersa, havendo o exercício da busca do êxtase qualquer elemento exterior pode nos transportar para a lembrança do SER, seja um copo d'água, os gestos e a voz dos amigos, um sonho, a visão de um bando de andorinhas fazendo curvas no céu, uma nuvem, pássaros cantando na copa de uma árvore, um quadro de Bosch, acho ótimo que as fronteiras psíquicas do corpo sejam contaminadas e passem por uma metamorfose até que ele se confunda com tudo o que existe, que se diluam as fronteiras entre exterior e interior, o que pode ser o começo de um estado de êxtase, desde que vc saia de si para o a lembrança do ser, nisso magia e poesia são a mesma coisa e exigem uma alta dose de autoconhecimento e autoconfiança, coisas complementares.

Ai Wei Wei

Tradução livre
Originalmente publicado: 1º de julho de 2015
Fonte: Poetry Fundation

"Meu pai, Ai Qing, foi uma das minhas primeiras influências. Ele era um verdadeiro poeta, vendo todos os assuntos através de uma lente inocente e honesta. Por isso, ele sofreu muito. Exilado na remota região desértica de Xinjiang, ele foi proibido de escrever. Durante a Revolução Cultural, ele foi forçado a limpar os banheiros públicos. Na época, os banheiros rurais eram algo além da imaginação, negligenciados por toda a aldeia. Na China essa era a mais baixa condição social. Quando criança, eu o vi fazendo os maiores esforços para manter cada banheiro o mais limpo e agradável possível, cuidando dos resíduos com total sinceridade. Para mim, este é o melhor e mais profundo ato poético, algo que nunca vou esquecer.

Meu pai foi punido por ser poeta e eu cresci sofrendo as consequências, dessa injusta condenação. Mas mesmo quando as coisas eram mais difíceis, eu via seu coração protegido por uma compreensão inocente do mundo. Pois a poesia é contra a gravidade, uma força antigravitacional da consciência. Lendo Walt Whitman, Pablo Neruda, Federico García Lorca e Vladimir Mayakovsky em tenra idade, descobri que toda a poesia tem a mesma qualidade. Ela nos transporta para outro lugar, longe do momento, longe de nossas circunstâncias, próximo do real que é mais difícil de perceber.

Em meu próprio trabalho, o processo de criação requer sempre a compreensão da estética em relação à ética, à pureza de uma forma ou a uma linguagem pessoal, que nos amplia e transporta claramente para outra. Muitos dos meus projetos têm elementos poéticos. Em 2007, trouxe 1. 001 cidadãos chineses para Kassel, na Alemanha, para a documenta 12. Para muitos, foi a primeira vez que eles viajaram para fora da China. Foi como um conto de fadas. Em 2008, pesquisamos, em condições extremamente severas e restritivas, as conseqüências do Grande Terremoto de Sichuan e descobrimos os nomes e as datas de nascimento de 5. 196 vítimas estudantes, enterradas para sempre.

Eu costumava dizer que o Twitter é a forma perfeita para a poesia. É a poesia da sociedade na era moderna. Ao envolver a mídia social e as formas de comunicação que ela possibilita, muitas vezes nos sentimos profundamente comovidos por forte emoção. Por raiva, alegria, até mesmo sentimentos novos e indescritíveis. Isso é poético. Faz do hoje um momento único.

Experimentar a poesia é ver acima da realidade. É descobrir aquilo que está além do físico, experimentar outra vida e outro nível de sentimento. Ela existe para que seja possível nos maravilharmos com o mundo, para sentirmos e entendermos a natureza das pessoas e, mais importante, para ser compartilhada com outro, velho ou jovem, conhecido ou desconhecido. A poesia é algo que só existe se for compartilhado."

A Love Supreme

carregarmos mundos por dentro
torna difícil
o triunfo
do amor
sobre esta vida
e seu fatídico invento:
dois corpos
por tudo
falsamente
separados.
Quer a alma que
sejam como um
por obra e graça
entre o desmantelo da flor
e a pedra que estilhaça
aparta-se o segredo
da infindável fome de um mendigo
alucinado em riso insano:
Alargando
como um amante
insaciado
o tempo
ao viver
um ano
em um dia,
sem conseguir
vencê-lo
como o vence

a pedra
ou triunfar sobre
ele em esquecimento
como faz
o cão.
Ao nascer
grave crime contra
a vida
do não-ser
cometemos
Cruel SIM ao
irremediável encontro
com o não-tempo
ao ser por todos
os *eus* abraçados
como o nó colorido
do beijo que desarma,
porque jamais toca
na paisagem,
assim em nós
se esconde uma Alma
apenas sussurrando
seu endereço
para um corpo
que nela não se move
e permanece
incompleto
como árvore
que cresce só
até o tronco
e racha e sangra
na brancura do que escorre
molécu{la}crimando

quase libélula
lacradadespetalando
esse intangível
invento
do momento no tempo:
e assim se cumpre
um irremediável
e irreversível
assassinato,
que em profundo
sono
jamais percebemos.

(Escrito com Beatriz Bajo)

A Love Supreme

Meat is murder de Morrissey/The Smiths

21 de março de 2012 às 17:13

Meat is murder
(Stephen Morrisey/The Smiths)

Para os animais

Comer carne é assassinato.

Heifer whines could be human cries
O choro do bezerro é como o nosso

Closer comes the screaming knife
Quando a faca está bem perto de cortar

This beautiful creature must die
O que é belo e vivo deve morrer?

This beautiful creature must die
O que é belo e vivo deve morrer?

A death for no reason
Uma morte sem lógica nenhuma

And death for no reason is murder
uma morte sem lógica nenhuma é assassinato

And the flesh you so fancifully fry
a carne que você tão tranquilamente frita

Is not succulent, tasty or kind
não é saborosa, suculenta ou algo assim

It's death for no reason
é morte sem lógica nenhuma

And death for no reason is murder
e morte sem lógica é assassinato

And the calf that you carve with a smile
e a picanha que você estraçalha com um sorriso

Is murder
é assassinato

And the turkey you festively slice
E o peru que você esquarteja nas festas

Is murder
É assassinato

Do you know how animals die?
Todos vocês sabem e saberão como os animais morrem

Kitchen aromas aren't very homely
E os cheiros na cozinha, tão familiares

It's not "comforting", cheery or kind
Isto não é acolhedor,

It's sizzling blood and the unholy stench
O sangue fritando e o saboroso pedaço derretendo na sua boca

Of murder
É assassinato

It's not "natural", "normal" or kind
Não é algo natural, nem normal esse pedaço

The flesh you so fancifully fry
De carne fresco que você saboreia

The meat in your mouth
Essa carne dentro da sua boca

As you savour the flavor
Que você acha deliciosa

Of murder
É assassinato

No, no, no, it's murder
Não é outra coisa, é assassinato

No, no, no, it's murder
Não é outra coisa, é assassinato

Oh... and who hears when animals cry?
Quem entre os assassinos se importa com os animais chorando?

(Tradução/Traição do autor)

A Love Supreme

João Vário conversa com Francisco Carlos

(Primeira parte)

A questão é que a experiência serve menos a arte do que ao tempo histórico
Esse condominino fundado sobre o chão de genocídios
O asfalto é o véu de Berkeley
da floresta na pele do Cosmo
O homem- jaguar é a mulher- lua
O Povo é o extermínio
dos mitos pelo esquecimento
A criação do antimundo pelo esquecimento dos massacres

Mas você tenta ao menos ressuscitar
com essa pajelança cênica
parecida com a do Sr. Muller
como um dj de mitos
uma dramaturgia Max Ernest
para a cura-Sinai
que Antonin Artaud buscava no México

não, o imanente na floresta
é o próprio desenho da linguagem
que uso como Godard usa a pintura
nos filmes

E eis que entram as nações-fantasma da alteridade da língua:

Aikaná. com Farnese de Andrade debaixo da ponte do viaduto do chá
Akun' tsu. com Hélio Oiticica construindo a cartografia geográfica do parangolé Hubble Amazon
Amanayé. com Blaise Cendrars e Isadora Duncan sambando no Carnaval da Crackolândia
Apinayé. com com Eduardo Viveiros de Castro na chuva de peixes voadores do Maracanã
Araweté. com o esqueleto de Steven Jobs transfigurado em 200000 formigas gigantes entrando no mar radioativo da Amazônia
Atkim Uma. com e Gavião-Rorokateyê. com dando curto nas caixas quânticas

Luz no Nome de todas as tribos queimando no Memorial da América Latina
Incenso ôntico
para a transfiguração da cidade em cena
bem antes do Devir-melancolia do Sr. Von Trier
Ela é essa limousine parada no meio da floresta de carbono PRT

A Love Supreme

A Árvore Ontológica

Texto do poemaemacto de Marcelo Ariel realizado no Parque Augusta em 01 de março de 2015

Diz um dito sufi que o paraíso está nos olhos de quem o vê, nesse caso, os que podem ver uma árvore, podem ver um anjo, porque uma árvore é um anjo e uma floresta, uma mata, é uma máquina angélica que faz a mediação entre a terra ou seja o corpo e o céu ou seja o corpo,

é necessário fundar através das árvores, o céu do corpo de terra, do corpo Terrano

É óbvio para mim que o oposto da Terra e o oposto do Céu foi criado pelo corpo humano que é apenas morte, especialmente morte da Terra e do Céu

Quando falamos em natureza humana, estamos falando de algo que ainda não existe e não é, a natureza existe e é mas o humano ainda não existe e não é

Enquanto não for um homem-mulher-criança-Celeste, não for um Terrano, um índio ou seja um anjo laico,

O sofista em Marcos, o discípulo do Rabi Yeshua fala

E, levantando ele os olhos, disse: Vejo os homens; pois os vejo como árvores que andam.

mas nosso espírito é lento como a seiva e só acontece porque foi e é soprado pelas Árvores, voltando ao discípulo, o profundo é afirmar que existem então árvores que andam Índios-Terranos-Celestes e árvores que adentram o Céu da terra para dele retirar sua luz transparente que respiramos

Como diz Antoine Emaz

Falar em um Universo, seria demais
Falar de uma Torre, seria falso

Falemos então do Paraíso,:

Do espaço opaciado pelos extraterranos, os extraterranos habitando o não-mundo do ex-mundo aprenderão com os Terranos a converter mundo nenhum que é-será em lugar da Terra

Em Transe da Terra

Os extraterranos desse modo se lembrarão de seu corpo imanente de água pela ausência da água,de seu corpo imanente de ar pela falta do ar puro, de seu corpo imanente de fogo pelo calor de mais de 50 graus, de seu corpo imanente de terra pela saudade dela, saudade das árvores,

Árvores que são Anjos

sonhando que são árvores

árvores que são anjos sonhando

que são Terranos Celestes

ou seja Índios

Ou seja Índios

As outras galáxias

são os animais

Os animaes

são um tipo de luz líquida

que evapora e sobe até o Céu-Animal

As nuvens são as Almas

dos animais

e formam

os orgãos dos animaes-céus

As nuvens que são árvores que são os anjos sonhando

O Paraíso-Terra

A Love Supreme

BJORK ENTREVISTA STOCKHAUSEN
Traduzido com Kleber Nigro

BjörkGudmundsdottir (BG): Parece que sua música eletrônica é mais como a sua verdadeira voz, e suas outras obras são menos pessoais, de alguma forma. Você também sente isso?

KarlheinzStockhausen (KS): Sim, porque muito do que faço soa como um mundo muito alienígena. Assim, um conceito como 'pessoal' passa a ser irrelevante. Isso não é importante, porque é algo que não sabemos, mas eu gosto disso e faço.

(BG): Parece que você coloca suas antenas pra fora, e aquilo é como a sua voz, seu ponto de vista, como vindo do exterior. Ou algo como... (pausa) Eu não consigo explicar.
(KS): Não, eu também não. A coisa mais importante é que isto não é como um mundo pessoal, mas algo que todos nós não sabemos. Nós devemos estudar isso, devemos experimentar isso. Se sentimos algo assim, aí demos sorte.
(BG(KS): Oh, eu sempre me surpreendo comigo, muitas vezes. E quanto mais descubro algo que eu não tenha experimentado antes, mais entusiasmado fico. Eu penso que isso é o mais importante.

(BG): Eu tenho esse problema, fico muito entusiasmada com a música. Aí entro em pânico pois sinto que não terei tempo pra fazer tudo que quero, isso te perturba?
(KS): Sim e não, porque eu aprendi agora que mesmo meus primeiros trabalhos, feitos há 46 anos atrás, ainda não foram entendidos pela maioria das pessoas. Então é um processo natural você encontrar algo que te surpreenda, para os outros isso é ainda mais difícil de incorporar em seus seres. Então demoraria às vezes 200 anos para que um grande grupo de pessoas, ou mesmo de indivíduos, atingirem o mesmo estágio que eu atingi ao ter gasto, vamos dizer, três anos, por oito horas ao dia no estúdio para criar algo. Você precisa de tanto tempo quanto eu precisei apenas para aprender a ouvir. E nem vamos falar sobre entender o que a música significa. Então é um processo natural que certos músicos façam algo que precisa de muito tempo para ser ouvido por muitos, e isso é muito bom.
(BG): É, mas eu também estou falando sobre a relação entre você e você mesmo, e o tempo que você tem entre seu nascimento e sua morte. Se é suficiente pra fazer tudo o que você quer.
(KS): Não, você só pode fazer uma parte pequena daquilo que quer fazer. É natural.
(BG): É, talvez eu seja muito impaciente. É muito difícil pra mim...
(KS): 80 ou 90 anos não são nada. Existem muitas obras musicais belíssimas do passado que a maioria das pessoas vivas nunca irá ouvir. Essas obras são extraordinariamente preciosas, cheias de mistério, inteligência e invenção. Estou pensando neste momento em certos trabalhos de Bach, ou até mesmo de

compositores anteriores a ele. Existem tantas composições fantásticas, com 500 ou 600 anos, que não são conhecidas pela maioria dos seres humanos. Então vai demorar muito tempo. Há bilhões de coisas preciosas no universo que não temos tempo de conhecer e estudar.

(BG): Você parece tão paciente, como quem tem uma enorme disciplina para aproveitar o tempo. Isso me apavora, eu não aprendi nem como sentar na minha cadeira, é difícil pra mim. Você sempre trabalha oito horas por dia?

(KS): Mais.

(BG): O seu foco é mostrar ou gravar as coisas lá fora? Provar que elas existem, como por razões científicas, ou é mais emocional, para criar uma desculpa para que todos se unam, de forma que talvez alguma coisa aconteça? Como sua música poderia atingir isso?

(KS): São ambos.

(BG): Ambos?

(KS): Claro. Sou como um caçador, tentando encontrar algo, e ao mesmo tempo, bem, esse é o aspecto científico, tentando descobrir. Por outro lado, estou emocionalmente em alta tensão sempre que chega o momento em que tenho de agir com meus dedos, com minhas mãos e meus ouvidos, em que movo o som, dou-lhe forma. É aí que não posso separar pensamento e ação com meus sentidos: ambos são importantes para mim. Entretanto, o envolvimento total ocorre em ambos os estados: se sou um pensador, ou um ator; eu estou totalmente envolvido, eu me envolvo.

(BG): Eu costumava viajar com meu microsystem e ter meus bolsos cheios de fitas, e tentava sempre encontrar a música certa. Eu não me preocupava qual

música era, desde que ela unisse a todos naquele ambiente. Mas às vezes isso pode ser um truque barato, sabe? Eu me lembro que li certa vez que uma das razões porque você não gosta dos ritmos regulares é por causa da guerra.
(KS): Não, não, isso foi...
(BG): ...um mal entendido?
(KS): Hmm, sim. Quando eu danço eu gosto de música regular; sincopada, natural. Ela não deve ser sempre como uma máquina. Mas quando eu componho, eu utilizo ritmos periódicos muito raramente, e apenas num estágio intermediário, porque eu penso que há uma evolução na linguagem musical na Europa que tem levado de ritmos muito simples e periódicos a ritmos cada vez mais irregulares. Então eu tomo cuidado com músicas que enfatizem esse tipo de periodicidade minimalista pois isso externaliza os sentimentos e impulsos mais básicos do ser humano.
Quando eu digo 'básico', isso significa o físico. Mas não somos apenas um corpo que anda, que corre, que faz movimentos sexuais, que tem um batimento cardíaco que é, mais ou menos, num corpo sadio, 71 batidas por minuto, ou que tem certos impulsos cerebrais, então nós somos todo um sistema de ritmos periódicos. Mas já dentro do corpo há muitas periodicidades superimpostas, que vão de muito rápidas a muito lentas. Respirar é, algo que ocorre num momento calmo, aproximadamente a cada seis ou sete segundos.
Ali está a periodicidade. E tudo isso junto constrói uma música muito polimétrica no corpo, mas quando eu faço música como arte eu sou parte de toda a evolução, e estou sempre procurando mais e mais realizar trabalhos diferenciados. Na forma também.

(BG): Apenas porque é mais honesto, mais real?
(KS): Sim, mas o que a maioria das pessoas gosta é de uma batida repetitiva, regular, hoje em dia eles fazem isso até na música pop com uma máquina. Creio que se deva fazer um tipo de música que seja um pouco mais... flexível, assim por dizer, um pouco mais irregular.
Irregularidade é um desafio, veja isso. O quão longe podemos ir fazendo música irregular? Podemos ir tão longe quanto um pequeno momento em que tudo se sincroniza, e repentinamente some de novo em diferentes métricas e ritmos. Mas é assim que é a história, de qualquer forma.
(BG): Penso que na música popular de hoje as pessoas estão tentando lidar com o fato de que estão vivendo com todas essas máquinas, e tentando combinar máquinas e humanos e tentando casá-los num matrimônio feliz: tentando ser otimista sobre isso. Eu fui criada por uma mãe que acreditava piamente na natureza e queria que eu vivesse descalça 24 horas por dia e todas essas coisas, então fui criada com esse grande complexo de culpa de carros e arranha céus, e eu fui ensinada a odiá-los, e agora eu penso, tipo, estou no meio. Eu posso ver essa geração, que é dez anos mais nova do que eu, fazendo música, tentando viver com isso. Mas tudo é com aqueles ritmos regulares e aprendendo a amá-los, mas ainda ser humano, ainda ser totalmente corajoso e orgânico.
(KS): Mas ritmos regulares estão em todas as culturas: a base da estrutura. É somente muito mais tarde que eles começaram a criar ritmos mais complicados, então eu penso que não é tão verdade que as máquinas tenham trazido irregularidade.

(BG): É, eu acho que o que me faz mais feliz é o teu otimismo, especialmente sobre o futuro. E eu penso, pra mim, aqui estou falando também sobre minha geração. Nós fomos ensinados que o mundo está descendo ralo abaixo e que todos vamos morrer logo, e encontrar alguém tão aberto como você, com otimismo, é especial. Muitos jovens estão fascinados pelo que você tem feito. Você acha que é por causa desse otimismo?
(KS): Também eu entendo que os trabalhos que tenho composto são um grande material de estudo, para aprendizado e experiência. Em particular, experimentar a singularidade, e isso dá confiança às pessoas, então elas vêem que ainda há muito por fazer.
(BG): E também talvez porque você tem feito tantas coisas que eu penso que muitos jovens devem achar que um por cento disso vale a pena, e podem assim se identificar com o que você tem feito.
(KS): Talvez com trabalhos diferentes, porque eles não podem conhecer todos. Eu tenho 253 trabalhos que podem ser individualmente apresentados, em partituras, e aproximadamente 70 ou 80 discos com trabalhos diferentes em cada um, todos diferentes, então há muito por se descobrir. É como um mundo dentro de outro, e há tantos aspectos diferentes. Provavelmente é disso que eles gostam: todas essas obras são diferentes. Eu não gosto de me repetir.
(BG): Você acha que é nossa função levar tudo aos seus limites, utilizar tudo o que temos, como toda a inteligência e todo o tempo, e tentar de tudo, especialmente se é difícil, ou você acha que é mais uma questão de apenas seguir os próprios instintos, deixando de lado as coisas que não nos excitam?

(KS): Eu estou pensando neste momento nos meus filhos. Tenho seis filhos, eles são bem diferentes. Há dois, em particular, por acaso os mais jovens, que estão imersos em direções tão distintas que dizem respeito a gosto, ou entusiasmo, e há um filho que é trompetista que tentou em certo momento, anos atrás, se tornar um professor espiritual. Ser um professor de Yoga e ajudar pessoas em dificuldade a se animarem e acreditarem num mundo melhor, mas aí eu lhe contei que já há bastantes pregadores, e que focasse no seu trompete. Demorou alguns anos para que ele voltasse a seu trompete, e agora ele parece concentrado e deixa de fora quaisquer outras opções que tenha. Eu poderia ter sido um professor, um arquiteto, um filósofo, um professor que só deus sabe de quê entre tantas faculdades diferentes. Eu poderia ser um jardineiro ou um fazendeiro muito facilmente: fui um agricultor por muito tempo, por um ano e meio de minha vida. Estive também numa fábrica de automóveis por um tempo, e eu gostava daquele trabalho, mas eu entendi tudo ao final dos meus estudos, quando ainda estava trabalhando em meu doutorado – e como um pianista eu ensaiava por 4 ou 5 horas por dia no piano, sozinho. Eu tocava toda noite num bar pra sobreviver, mas desde que compus a primeira obra que senti soar diferente de tudo que conhecia, tenho focado na composição e tenho perdido quase tudo o que o mundo tem a me oferecer: outras faculdades, outras formas de viver, como você acabou de dizer, excitações de todos os tipos. Eu tenho realmente me concentrado, dia e noite, em um aspecto muito determinado: compor, apresentar e corrigir minhas partituras e publicá-las. E, pra mim, isso tem sido o jeito certo. Eu não

posso dar conselhos gerais, pois se o indivíduo não ouve seu chamado interior, ele não realiza nada. Então você tem de ouvir o chamado e não haverá mais questionamento.
(BG): É, é como você pode chegar mais longe.
(KS): Eu não sei. Eu apenas acho que não consigo realizar nada que faça sentido para mim se eu não me concentrar exclusivamente naquela coisa. E assim perco muito do que a vida tem a oferecer.
(BG): E aprende como se sentar em uma cadeira.
(KS): Você sabe que eu também sou regente, não fico apenas sentado numa cadeira. Conduzo orquestras, coros, ensaio muito, e ando por aí arrumando caixas de som com os técnicos, e organizando todos os ensaios, então não é apenas sentar numa cadeira, mas eu te entendi, é como se concentrar naquela única vocação.

ONTOLOGIA E NADIFICAÇÃO EM HILDA HILST

Texto lido no Teatro Sérgio Cardoso em 22 de maio de 2013 dentro dos Encontros Rútilo Nada na temporada do espetáculo homônimo livremente inspirado na obra de Hilda Hilst, dirigido por Daniel Fagundes com Donizeti Mazonas e Wellington Duartes]

esta minha fala vai se dividir em duas partes na primeira falo de um modo um pouco elíptico sobre o entrelaçamento na obra de Hilda Hilst entre o pensamento filosófico mais afinado com a poesia e com o discurso poético dos místicos e na segunda parte faço algumas perguntas surgidas a partir de duas décadas de leitura da obra de Hilda Hilst, as perguntas segundo uma amiga minha poeta são uma forma superior de abertura para o diálogo e uma função nobre da crítica que permite que o Outro possa escutar a si mesmo e ao seu interlocutor e uma luz se faz sempre que um encontro é possível principalmente um encontro mediado por uma pergunta, se não somos uma pergunta como afirmava Clarice Lispector, como poderemos abrir o espaço para o 'Eu que pode ser Outro'?

É óbvio que a poesia e a prosa de Hilda Hilst permitem uma interpretação alegórica, simbólica e mística, mas quando se trata do símbolo a via de acesso é a interpenetração que começa com a visão interior daquilo que se lê, é correto dizer que vivemos em uma floresta de símbolos ofuscada pela idéia da metrópole, que se tornou há tempos uma simples alegoria funcional que certamente fracassa em sua tentativa de criar condições para que o Ser floresça, discordo de certos pensadores que vêem na natureza o não-ser e nisto estou afinado com a obra de Hilda que como Lezama Lima via na natureza a sobrenatureza e no corpo uma extensão dessa sobrenatureza, portanto aqui o natural é o sobrenatural e quem procura uma aprofundamento no mundo das visões interiores que são um acesso consciente para o conhecimento que reside nos símbolos, certamente abandonará as cidades grandes e irá procurar a vida do campo, nisso Hilda Hilst concorda com Heidegger, um pensador muito afinado com as fontes antigas das tentativas de aproximar o pensamento do viver imediato e não da idéia do viver ou seja afinado com uma ontologia, como diz Wilhelm Weischedel para Heidegger 'o pensamento não deve meramente permanecer em si mesmo, mas tem de intervir na existência, particular e pública, transformando-a (......) Para esclarecer o entendimento do ser, Heidegger, em análises minuciosas, fala do homem como o lugar do entendimento do ser. Não se baseia em um conceito abstrato do homem, mas no homem concreto, empírico e em seu auto-entendimento e auto-experiência. Também não considera o homem de um ponto de vista fora dele mesmo,por exemplo de Deus ou de um espírito absoluto, mas tal como ele aparece, em sua própria perspectiva, para si mesmo. Sob esse ponto de vista, Heidegger mostra que o homem não está aí como uma pedra ou uma árvore, mas tal como ele vive nas e das possibilidades no sentido das quais ele se projeta (....) fala de seu 'ser no mundo' e de seu 'ser com outros' em uma concepção em que o homem possui em relação a todos os outros entes a prerrogativa de que o mundo, sem a sua intervenção permaneceria fechado,abre-se por meio dele, sendo visto, sentido e reconhecido".

Ora estas são para mim as bases fundadoras de uma mística que tem em seu centro o homem e não o sublime, mas antes que se manifeste o mundo antes o nadifica, nisso discordo de Heidegger, o nada não nadifica porque o nada é uma impossibilidade, o mundo começa por nadificar, e aqui estamos no primeiro entrelaçamento que é apontado pela obra de Hilda Hilst em 'Com meus olhos de cão' do qual cito para ilustrar o que digo esse trecho da página 36: 'Largar a casa, Amanda, filho, universidade. Ter nada. Perto de um muro encostar a carcaça e aí vêm alguém: ta com fome, moço? Digo que sim e vem o pedaço de pão (sem manteiga) e o prato de comida. Ou não vêm? Ou vêm aquela frase: Parece moço ainda, não pode trabalhar? Estertoro, digo que não, idiota, não vou trabalhar nunca mais, Porque senti naquele instante aquilo e compreendi naquele instante aquilo, ouviu? Chamam a polícia, será? Só porque me encosto no muro de alguém e estertoro? O da Cruz, por muito menos escorraçaram-no. Só para limpar o suor. Ganhar fôlego. Senti o não sentível, compreendi o não equacionável." É nítido nesse trecho o que nadifica, como a pergunta abre uma porta para o diálogo com o Outro desconhecido seja ele o leitor ou o passante que são praticamente símiles, e como o mundo se manifesta a partir de uma visão que se torna sensação que é contornada e não equacionada como coisa mas como luz que ilumina o interior ao revelar os processos de nadificação do ser, a energia da recusa é a gênese de uma abertura para a pergunta também como critica que instaura logo depois de seu enunciado uma possibilidade de agir na direção do mundo jamais pronunciado, jamais sentido, jamais equacionado e podemos dizer que existe sim nesta obra e em outras como kadosh, uma mística da energia da recusa como o elogio de uma primeira iluminação derrisória. Os moradores de rua na obra dela estão dentro dessa mística da energia da recusa que conhece o que é recusado e não apenas o nega, o nega e intervêm nele ao mesmo tempo, como figuras que não são vistas, jamais vistas, perguntas vivas jamais respondidas, estes seres que ao recusar a negação penetram naquilo que ela simboliza e sentem dentro de si a visão interior do que o homem é e não do que ele pode ser, cancelando o devir e dando uma chance do mundo se manifestar como uma sobrenatureza natural, Hilda tomou em sua obra o delicado e preciso cuidado de não mistificar, nem romantizar a derrisão, mas apontar a queda na consciência da nadificação promovida pela negação da morte, de Eros e do corpo como via de imanência e Amós Kéres protagonista de Com meus olhos de cão é não apenas um duplo da Senhora D. de A Obscena Senhora D. é também um ente nadificado que vive como nós na iminência, nas perigosas bordas do ser, que um escritor muito caro para Hilda, Guimarães Rosa em seu conto 'terceira margem do rio' se referindo não apenas a um rio identificado com a temporalidade, mas com os processos de 'colocar à margem' a humanidade (pela via do policiamento e opaciamento da infância), o mundo (pela via do esquematismo que tenta equacionar a natureza em uma funcionalidade abstrata e podemos dizer também econômica porque o capitalismo nada mais é do que um simulacro dos modos da natureza que precisa destruir o original para se tornar absoluto como uma transcendência negativa do natural) e Rosa aponta uma terceira via por onde o ser pode navegar (subir e descer infinitamente fora do tempo cronológico) que é a via da ontologia poética, este rio é obviamente um símbolo onde o personagem entra, a terceira margem do rio pode ser uma via poética de imanência por onde caminham e onde se dissolvem e silenciam praticamente todos os personagens dos romances e novelas de Hilda Hilst em suas crises místicas, eles entram em um corpo-a-corpo com o corpo do mundo que em um dado momento se confunde com o corpo do DEUS ou seja com a figura que é erroneamente usada como pretexto para nadificar, nivelar ou ocultar em sua impensável sombra inexistente todos os símbolos que vieram de séculos e séculos de tentativa de entendimento do mundo, a mistificação do Absoluto é uma porta fechada para a possibilidade de manifestação da transcendência.

Os antigos criaram símbolos que jamais negaram o corpo e jamais negaram o mundo como um lugar sobrenatural ou onde o natural é uma camada, um véu do sobrenatural, a Alma nos textos de Hilda Hilst é uma recuperação desta visão dos antigos e está entranhada no corpo e não é uma estranha abstrata distante anos-luz do momento em que vivemos, momento que precisa ser problematizado pela energia da recusa que é iniciada pela pergunta, a pergunta é muito mais importante que a oração, que o mantra, que a prece, a pergunta sendo uma via de acesso ao silêncio movente que se instaura no corpo ao lado de uma angústia e não dentro dela, nas bordas de um abismo e não dentro dele. Kadosh foi criado por Hilda Hilst como um duplo de Hamlet, os duplos como sabe quem lê a obra dela, são o modo como o ser se manifesta, o ser é duplo mas não dicotômico, eis aí um paradoxo do ser... Kadosh e Hamlet são movidos por perguntas, são seres-pergunta, a princípio o livro Kadosh se chamava Qadós e antes de morrer a autora por sua livre e expressa vontade pediu para mudar para Kadosh, "a palavra QADÓS vêm do Hebraico que no seu significado original quer dizer "tudo aquilo ou aquele que é separado por Elohins para um culto, serviço ou sacrifício". A palavra QADOSH, também vem do hebraico e significa "santo". Então quais os atributos que diferenciam estas palavras QADÓS e KADOSH? Qadós é um adjetivo que está relacionado à tudo aquilo que o PRÓPRIO ELOHINS separou ou seja, quer dizer que, fomos separados de tudo aquilo que não foi chamado à existência por ELOHINS e que por isso a nossa verdadeira identidade é A SANTIFICAÇÃO e Qadós significa que fomos criados para o sacrifício e extrema nadificação da morte por Elohins" como vemos,a nada simples substituição de uma palavra no titulo por outra, atesta e aponta os sinais do que para Hilda Hilst eram as bases de sua mística, a principio somos seres separados do mundo e aqui Elohins ou o Absoluto é identificado com 'O mundo' que nadifica, então em Qadós somos seres criados para sermos sacrificados e depois em um segundo momento em Kadosh que se identifica com o 'Mundo como revelação' somos seres destinados a santificação que é justamente a Casa no meio da floresta de símbolos, a casa que está em oposição à cidade e sua nadificação que não nos nadifica completamente porque somos capazes da pergunta e do enigma chamado vida do corpo e a partir dela e da santificação laica que é ivida por alguns personagens da obra de Hilda Hilst, podemos eleger a palavra como algo que toca no sagrado de tudo o que é natural no corpo, a merda, o cú, a buceta, a pica que possuem dentro do mundo em Kadosh e não mais em Qadós, o mesmo status das Estrelas, Galáxias, Mares e Oceanos, o mesmo do Sol, a consciência disso de um modo misterioso aponta um limite para a nadificação. Dito isto e com o que realmente ilumina dentro do não dito e do sempre por nós

silenciado, vamos para as perguntas, as segunda parte desse entrelaçamento:
Por que e como Tu não te moves de ti? Onde fica em nós, dentro de nós o lugar onde o obsceno e o sagrado são uma só coisa? Como a lucidez se tornou a pele da nadificação, a nadificação e disso a obra de Hilda dá testemunho não consegue possuir o corpo inteiro, apenas forma uma estrutura, um envoltório em volta do corpo, uma pele artificial que ofusca as visões do mundo em seu gênesis contínuo, em seu paraíso sempre começando e sempre sendo ofuscado pela névoa, e no meio dela entrevemos apenas a árvore da terminologia mas para além da árvore da terminologia, o zumbido do eu se torna cada vez mais abstrato e o poema cada vez mais nítido, se o poeta voar um pouco mais alto se torna um místico, se o místico em sua compaixão descer um pouco, em nossa direção se tornará um poeta, nestes dois casos o zumbido do eu é substituído pela música da vida, hilda hilst em sua trajetória realiza este dois movimentos ao mesmo tempo, e a vida aparece em sua potência hierogâmica, de matrimônio sagrado entre o corpo e a Alma imortal que como todos nós podemos intuir era como os antigos chamavam tudo e todas as coisas.
Para encerrar gostaria de ler um texto de Jean Luc Nancy traduzido pelo também filósofo Nilson Oliveira, esse texto que lerei agora seria como aquelas canções que tocam no fim do filme, permitam-me esta licença poética no meio de tantas liberdades que tomei aqui no 'entrelaçamento', prestem atenção em como o tema do texto de Nancy toca em uma certa ética muito cara para nossa querida Hilda Hilst. Vamos então para a canção chamada:

Filosofia, literatura, demanda por Jean Luc Nancy

Trad. Nilson Oliveira

Cada uma pede a verdade. Cada uma pede também a verdade da outra, de duas maneiras: cada uma interroga a outra sobre a sua verdade, cada uma detém a verdade da outra.

A verdade: a coisa mesma, o ser ou o outro, o existente, o aparecer, o sentido. Cada uma pede tudo isso junto: pede que tudo isso seja apresentado como tal.

Mas cada uma entende diferentemente esse "como tal". Filosofia quer que a coisa como coisa seja coisa que por si se indique, se designe e ao mesmo tempo retire seu ser-coisa aquém de toda significação. Também a coisa como tal é aqui coisa alguma: coisa da coisidade de todas aṣ coisas, nada. Do mesmo modo o sentido como tal é o sentido que se faz conhecer enquanto sentido – por exemplo, não uma impressão luminosa, mas uma impressão tal que ela se clareie a si mesma como "impressão luminosa". E, por esse ato, ela se obscurece. Não estamos mais ocupados em ver, mas em ver a visão. O sentido em geral será sentido verdadeiro lá onde ele poderá mostrar que ele é o sentido, e assim cessar de reenviar a outro, outros: o que, no entanto, é o seu ser mesmo de sentido. Também a verdade é aqui interrupção do sentido.

Literatura entende "como tal" enquanto comparação, figura, imagem, volta de apresentação. Por exemplo: vejamos um homem como "Leopold Bloom". Ele é igual a esse homem, é composto por seus traços. E, antes de tudo, por seu nome. Depois por sua história, pois não há nome sem história. Então Leopold Bloom mostra o homem como tal, quer dizer, como Leopold Bloom, quer dizer, como o homem que tem um nome e uma história, a sua história. Nessa conta, a operação não pode parar: a verdade do homem está em Bloom, cuja verdade está no homem cuja verdade está no nome e na história de Bloom. Aqui a verdade é a impossibilidade de interromper o sentido.

No entanto, é o inverso que vemos da maneira mais chocante: Filosofia não termina de prosseguir, continuar, retomar, tirar as consequências; não pode jamais parar (mesmo e, sobretudo, quando é "o fim da filosofia"). Literatura, ao contrário, interrompe: corta o relato [récit] em alguma parte, sempre arbitrariamente, seja no início ou no fim.

Filosofia pede incessantemente que a verdade se cumpra. Literatura pede que a verdade prossiga. Mas cada uma pede a outra, pois o cumprimento da primeira seria o relato [récit] integral da segunda e o prosseguimento infinito da segunda seria o cumprimento da primeira.

Se isso tem lugar, não há mais pedido. Então não se fala de literatura e de filosofia: fala-se de sabedoria e de mito. É um outro mundo, um mundo ao inverso do mundo do pedido de verdade.

Sabedoria cumpre dizendo – por exemplo, dizendo "faça isto, não faça isso". E para isso ela afirma e ordena, não pede nada. Nem mesmo ser reconhecida como sábia, pois ela também diz "não creia que a Sabedoria seja sábia: cabe a você sê-lo".

Mito dá o relato [récit] inteiro, desde o início até a mim (por exemplo, Mr. Bloom). Ao mesmo tempo não há nada a acrescentar, nem no antes nem no depois, e o relato [récit] é interminável pois ele não cessa de se recitar [réciter]. Nada a pedir aí também.

Filosofia e Literatura são Sabedoria e Mitos entrados em pedido. Portanto, tendo-se eles mesmos se perdido um e o outro ou então perdido um ao outro. Uma perda – ou então um desdobramento.

Sabedoria desdobra até o fim a sua verdade segundo a qual não há de modo algum nem sabedoria nem via. Ela inaugura a via que não leva a lugar nenhum, mas que sempre se pede novamente como via: "método".

Mito desdobra até o fim o interminável de seu relato [récit] e sua verdade segundo a qual, bem longe de se terminar na interminável recitação, ele se intermina na terminação de cada relato [récit]. Uma vez contada, a história de Ulisses se abre novamente pelo seu fim. Haverá novas errâncias.

Errância e método, método de errância, errância metódica, via que não é traçada, mas que é o traço ele mesmo de um passo em movimento de avançar, em movimento de passar, apenas em movimento de despertar para si mesmo a possibilidade de uma direção, de um destino, de um desejo.

Apenas fazendo conhecer seu desejo, que ele mesmo se inventa a cada passo, sendo, no entanto, apenas o desejo do passo ele mesmo.

Pedido de passagem: eu gostaria de ir por aí, em direção àquilo que está do outro lado daquele onde me encontro. Gostaria de sair daqui e que lá longe se tornasse aqui para mim, de onde eu ainda partiria. Gostaria de passar o rio, a montanha, o mar. Gostaria de passar a mim mesmo. Gostaria de me passar sem mim.

Peço isso polidamente, sem violência, mas não se enganem com isso: "eu gostaria" significa "eu quero", é a vontade mesma. É vontade de vontade: pedido de eternidade, eterno retorno do mesmo passo

cujo rastro fugaz é a atestação disto: que há lá alguém que passa.
Pedimos apenas isso. Esqueçamos "filosofia, literatura, mito, sabedoria", esqueçamos saberes e crenças. Há apenas esse pedido: eu quero passar. Não quero ser, nem conhecer, mas passar e me sentir passar. Ou você – é igual.
Passar – o limite, forçosamente. Passar o limite do interrompido e do ininterrupto. Nem acabamento, nem inacabamento. Nem conclusão, nem suspensão. Mas a passagem que se pede.

Terminada a canção de Luc Nancy, podemos acrescentar que em Hilda HIlst a figura da passagem, do atravessamento acontece através da criação de uma contrametafísica do Pai/Deus, como no Abraão de Kiergegaard existe o ato de se colocar diante da pedra de evocação que se confunde com o corpo do Deus em seus silêncio e evocar a presença através da pergunta. Kadosh é ele mesmo um ser-evocação. A aproximação e o entrelaçamento dos textos de Hilda com o prolongamento de questões da mística mestiça de Nikos Kazantzakis, de uma mística mestiça de evocação em enfrentamento serão objeto de outro trabalho, aqui apenas a evocamos, dizendo que a obra de HH incorpora além do estranhamento-entranhamento de uma contrametafísica de enfrentamento da morte de Deus pela evocação da presença da aura de sua carcaça irradiada no mundo como pergunta, também a demanda de uma mística mestiça, de entrelaçamento.

CONTRAMONÓLOGO

Palco totalmente no escuro

A arte é o o oposto do fascismo, esta é uma topologia ôntica de fácil acesso. Charles Chaplin venceu Hitler. Mas a arte como uma emanação de nossas pulsões vitais é o contrário disso que as estatégias esquemáticas condicionantes criam através dos produtos coloniais que também são chamados de artísticos, o retorno ao artístico imanente como política comum parece ser o centro do 'daimônico'no sentido mais amplo do termo, o sentido esquecido e que está na fonte terminológica, nesse caso, a beleza tende a ser um encontro do eu com o daimônico gerando a eudemonia, mas uma vidaarte domada por esquematismos não é daimônica, não é como a música falando por si mesma, jamais evoca a beleza da flor da invisibilidade se abrindo no instante diante da alteridade radical do mundo, capaz de tornar nosso rosto transparente em uma dimensão

Da possibilidade de uma movência das interioridades

esta possibilidade a meu ver, reside na profunda humildade técnica diante do ser das misturas que aqui chamamos de Daimon que como uma voz da matéria astrocarnal nos conduz a um criar nela e em si uma imensurável abertura para o rosto do Outro que continua através de sua luminosidade ética exterior sempre no nosso, se refletindo também no rosto das nuvens e no da copa das árvores, e não como metáfora, como lugar *de todos os lugares, entrelugar*

o mundo às vezes nos parece erroneamente uma enorme espiral incessante de metáforas e impossibilidades, principalmente a do silêncio mas um mergulho duplo ativo contemplativo nos revela que ele é uma sucessão de aberturas para o daimônico se encontrar com o eu respondendo de modo mais preciso a questão das bordas do ser que existem durante um movimento de surto justamente para atravessar o que se configura como não-mundo porque se são as bordas do ser são também bordas do mundo,

Descobrir o mundo para chegar ao mundo

, é um conceito que pertence ao chamado caminho do místico no sentido em que ele treina incessantemente suas linhas de vínculo e de inclusão no mundo, a beleza da invisibilidade e da dissolução e imersão da subjetividade em uma poiesis naturante é uma via que não podemos negar, mas há outras, o sexo é uma via e poderia ser um poema se o vimos como uma expressão espontânea de uma metafísica das misturas, o sexo é daimônico

Fim da 'parte hermética'

(silêncio, acende uma vela) não existe o mercado, mas ondas de halos falsos (pausa) a atualidade do poema o coloca como uma antiforça muito acima do mercado ou seja dos halos falsificados, o mercado estaria para o poema como uma metafísica falida, obviamente existe muito narcisismo e muita exposição de lixo emocional no que é chamado de poesia contemporânea, um certo hábito de poetizar o poema que beira o patético em sua tentativa de salvaguardar as noções mais superficiais, tais como identidade e estilo. Nossa voz é uma soma de silêncios traduzidos para uma série de dialetos de misturas que podemos chamar de 'a porta estreita', nestes dialetos a palavra 'eu' é apenas lixo a ser reciclado, imagine isso como se fosse uma operação alquimica que transformasse plástico em orvalho. A chamada poesia contemporânea viciada no eu apenas repete elementos que podem desembocar depois no culto da personalidade, por uma força de contradição que espero me ajude a evoluir até a dissolução da imanência, possuo uma conta no facebook, mas tento ali brincar com esta noção de eu, o eu é uma porta de saída para a natureza, uma vez nela, será ótimo atirar a chave da porta na superfície de um lago, como no Narciso de André Gide.

É necessário que exista o amor movente, fruto de um pensamento movente, creio que leituras em prisões, aldeias, acampamentos,ocupações, é imensa a importância de exercícios dialógicos de troca de experiências onde não exista o sentido do ato poético como algo exclusivo, É necessário, como a água, encontrar de novo o mistério de um rosto humano, a entrega paciente a afetuosa para o diálogo silencioso com um rosto humano, com a santidade mineralanimalcomicizante de um rosto.

Creio que não há muito tempo e isso exigiria a destruição do tempo, muitos já perceberam que existe O ABERTO, que o encontro com a alteridade é imprescindível e incancelável, que os fios das lâmpadas estão entrelaçados na paisagem, como heras que crescendo próximas, escrevendo um hieróglifo num muro infinito. Existem 'n' dimensões do real e nenhuma está livre de ser sonhada.

(Silêncio)

Comunicar o silêncio é o começo do diálogo profundo. Silêncios se escutam como águas e palavras se chocam como nuvens congeladas, é necessário descongelar as palavras dentro da nuvem. É necessário

Amar até ser capaz de sair de si e perder tudo, condição da riqueza ontológica, sonhar a vida como se ela fosse um fragmento do infinito dentro do finito. 'O LIVRO DAS ÁRVORES DENTRO DO LIVRO DOS SALMOS DENTRO DO LIVRO DOS ANJOS SEM NOME ' mas só é possível abrir esse livro se estivermos COM O DAIMON NO CONTRAFLUXO, são exercícios e tentativas fracassadas de amar de um modo radical estas pessoas que jamais irei conhecer, que jamais iremos conhecer, os rostos que passam no metrô, os rostos deitados na calçada, os rostos encarcerados. Rosas, rosas, rosas...

Talvez não seja possível conceber um espaço não-ontológico porque é extremamente difícil conceber um tempo não-ontológico, mesmo que este se manifeste através da abstração funcional chamada tempo cronológico, aliás, diga-se, o tempo cronológico é uma das maiores auto-sabotagens da história da humanidade, também considero que a poesia, como o treino para o amor nada tem a ver com esta doença chamada pertencimento, no lugar dele existe a possibilidade da fusão misteriosa entre o poeta e o poema, é algo que ocorre com crianças, loucos, índios e com gente que jamais escreverá um livro, mas vive de muitos modos os poema, através destas alteridades podemos acessar a diferença entre o pertencimento e o não-pertencimento, o estado de acessibilidade ao poema parece ser um estado ontológico, viver a vida como um poema é imprescindível e acessível, não é privilégio de uma classe especial, é acessível principalmente aos que sabem rir de si mesmos, Os poemas são parte das obras do amor dissolvendo as formas e normas, isto foi cantado por Søren Aabye Kierkegaard e pelos risos loucos dos moradores de rua e das crianças, uma das funções mais nobres da arte é a de curar, principalmente de nos curar da ilusão de um eu, esta ontologia da corporificação do poema é um processo que nos leva a consciência de que não somos um eu, não somos um buraco negro, somos a matéria escura vivida como metáfora ou o que pode ser como um imenso lago onde cada planeta ou ente cósmico flutua e se move como pétalas de uma flor ou como peixes luminosos, somos estas flores estelares e estes peixes que emitem luz nadando na matéria escura que é também o Elohins, que é também uma camada finita do infinito que respira e se move dentro das hexadimensões, estamos no infinito, sentindo o infinito de modo finito e precisamos sentir o infinito como infinito, tudo sempre esteve conectado a tudo,milhões de anos antes da internet colocar esta possibilidade como metáfora, porque só existe uma Alma que é uma rede de bilhões de fios invisíveis costurando o visível, bordando o visível, a relação do poeta com o poema seria então como a do invisível com o visível, como a do finito com o infinito. Também não acho possível conceber o poema como um devir, o poeta talvez seja um devir do aberto, como pensava Rilke, neste Aberto se manifesta o Sol da vida, Dioniso dança com Shiva, Exu gargalha para converter em Terra o céu cristão.

Prefiro falar do poema ao invés de continuar falando do poeta, o poema nasce, nasceu e o poeta é um de seus condutores sempre atravessando esta ponte que cruza o rio do silêncio genesíaco, como separar ente e mundo, natureza e sobrenatureza? Esta pergunta deveria ser feita para pastores do ser como Edmond Jabés e Juliano Garcia Pessanha, Jabés está morto? Possivelmente a vida falada dele se encerrou em algum outro ovo, mas ele ainda assim responde bem a esta pergunta, melhor do que este Marcelo Ariel, Juliano também responde bem a esta questão do silêncio genesíaco revirado ao avesso em seu texto 'heterotanatografia'.

de qualquer modo a morte não apaga o fogo, me lembro também de uma epígrafe de Adorno no Minima Moralia que diz que A vida não vive. É mas difícil viver o Poema, não necessário ter escrito um poema para isso, sair da frente do poema, da frente do espelho e de sua medusa é essencial, vejo que a antipoesia prevalece dentro de muitos totalitarismos afetivos e etc., como não existe nenhuma essência onírica no acaso, o acaso não se sonha, logo, a meu ver, o poema que não é fruto do acaso é o poema que se vive mas não absolutamente, porque a vida ao contrário da epígrafe usada por Adorno, vive, é a vida quem vive, nós não vivemos e o que me parece mais urgente ser dito, se nos falta uma tridimensionalidade, uma artisticidade do ser, aí a vida se torna a impossibilidade do poema.

Não, as duas coisas começam no corpo, para o corpo e pelo corpo, mas pode ser que alguns poetas não tenham um corpo e 'sair da frente do poema' seja justamente o empoderamento de um corpo no mundo, os antigos astrólogos da Pérsia localizavam o zodíaco no corpo, cada planeta correspondia a um órgão, neste sentido de um corpo planetário, celeste.

Sou um Daimon, se você ler a tradição hermética, principalmente 'A ciência dos magos' de Giuliano Kremmerz, perceberá que ele dedica um capítulo inteiro para 'A evocação de Ariel', posso dizer que sou conduzido por um Daimon chamado Ariel, é uma tridimensionalidade do ser. Mas qualquer um pode ser um Daimon e viver a tridimensionalidade do ser. Estou escrevendo uma série de poemas para um livro que irá se chamar 'Com o Daimonno Contrafluxo' onde falo sobre este processo. O contrafluxo é a vida bidimensional, dicotômica e o contraponto é a vida hierofânica, daimônica, Os poetas-pensadores do grupo Tempestade e Ímpeto criaram um conceito de vida eudemônica onde o centro seria o êxtase da alegria de viver e não o sofrimento cristão, o mundo do trabalho, do 'se não trabalha, não come' precisa ser destruído para que o Paradiso se manifeste como Mundo outra vez, o Paradiso é o jardim que está enterrado debaixo do asfalto as cidades, que serão mais cedo ou mais tarde abandonadas como projeto de uma vida bidimensional.

Uma árvore, um pássaro, uma nuvem, se não me engano, Píndaro disse perto da morte 'me lembro de ter sido, uma árvore, uma pedra, um pássaro'.

Em uma das 115 dimensões, não escrevo e sou um pintor, em outra me matei com 17 anos e era um traficante de cocaína, em outra morri no massacre do Carandiru, em outra sou mulher, em outra sou um dente de leão, em outra uma bala perdida, em outra um índio velho sentado debaixo de uma arvore no Xingu, um preto-velho fumando seu cachimbo num quilombo, todas estas dimensões-vidas ecoam nesta do mesmo modo que o céu azul é um eco do Sol.

Ainda não é o ser, o nada por ser impossível também não se relaciona com o ser, esta questão atravessa toda a primeira e inconclusa parte do livro SER E TEMPO do nazista Heidegger, um livro para crianças. O nome não pode conter o ser que é de fato o tecido primordial do sonho, existe a teoria de que o mundo começou com uma explosão, um momento acaba de entrar uma mariposa na sala, antes da explosão e depois possivelmente havia uma entropia similar a uma metáfora, e antes da entropia-metáfora, o que havia? Estamos explodindo junto com o Sol ou na direção do Sol? Onde fica 'Ao Sul do paraíso'? Há um poema de Benn, amo o verso final dele, Benn escreveu em uma carta dizendo que via nestes versos o espirito brincando dentro da carne e do sangue, brincando de morrer, reproduzo o poema inteiro abaixo, sabendo que irei fugir de uma resposta para esta questão:

Homem e mulher passam pelo pavilhão de cancerosos

O homem:
A fila aqui são ventres podres
e aquela, peitos podres. Cama fede junto
a cama. As enfermeiras trocam de hora em hora.

Vem, ergue devagar esta coberta.

Olha: esta massa gorda com humores podres
já foi querida outrora por um homem,
era seu êxtase e seu lar.

Vêm, olha as chagas neste peito. Notas
o rosário de nós pequenos, moles?
Apalpa. A carne é mole e nada sente.

Esta outra sangra como que de trinta corpos.
Ninguém tem tanto sangue.
Tiveram que cortar,
daquele corpo canceroso uma criança.

Que durmam. Dia e noite. — Diz-se aos novos:
o sono aqui faz bem. — Mas aos domingos
deixam-nos acordar, para as visitas.

Comem um pouco. Suas costas cobrem-se
de chagas. Olha as moscas. A enfermeira,
às vezes, lava-os. Como se lavasse um banco.

A cova aqui já ronda cada cama.
A carne desce à lama. A chama some.
A seiva se derrama. A terra chama.

- Gottfried Benn
(tradução de Nelson Ascher)
in Poesia Alheia, Editora Imago

Novalis dizia que a poesia era a religião original da humanidade, se referindo talvez a uma época em que não havia necessidade de religiões, de qualquer modo 'o deus'de hoje é a fantasmagorização.

O grande vazio é o lugar da criação, o pequeno vazio não, o pequeno vazio é apenas um sintoma da dispersão.

Dora Ferreira da Silva, um dos meus 'Daimons' ensinava que quando escrevemos um bom poema uma guerra deixa de acontecer em algum lugar, acrescento que 'O céu é sustentado por um poema', felicidade como verdade são palavras que nada significam para mim, prefiro ser tocado por um êxtase da gratuidade como este de respirar ou o de tomar um copo de água ou o de beijar alguém que você ama religiosamente no sentido laico da coisa. Escrevo quando tenho a plena certeza de que estou fora da literatura, na matéria bruta e inominável do viver brotam êxtases da gratuidade do mundo, nos intervalos destes êxtases anuladores de qualquer importância, inclusive capazes de apagar nosso rosto, quando o rosto se apaga, é a hora de começar a doença da escritura, mas a maioria dos escritores não consegue perceber este momento em que seu rosto se apaga para que o mundo possa acontecer, não conseguem nem o truque barato de apagar o próprio nome, me incluo entre os que tentam sem sucesso 'este apagamento sublime'.

Não quero ser salvo pela poesia, mas tenho a vaidade de querer salvar, quero salvar e não ser salvo, Nietzsche possui um aforisma onde diz "Não ore, abençoe", é isto, quero abençoar o irremediável, há um limite que pretendo ultrapassar, já não sonho com a santidade, mas com a pureza e com a gratuidade, principalmente a do amor. Quem ainda mantém em si a fé no amor puro?

Quando eu morrer haverá silêncio, mas não serei mais humano.

Será 'olhar para o Outro' o que dará no mesmo, o Outro, você e o Mundo deveriam ser uma só coisa. Algumas correntes da Cabala chamam Azrael, o anjo da morte de 'O unificador', acho a diversidade, multiplicidade do mundo um sonho, resta saber se acordaremos algum dia para a fusão do um em um.

Quando estou distraído, o que equivale a um êxtase de sonho, gosto de desenhar árvores, deste êxtase nasceu a ideia. São justamente os limites da escrita que me fazem seguir em frente. Mas jamais saberei o que existe depois do indizível.

Sim, mas a prática da vida deveria levar ao poema, se leva ao irremediável, deveria levar ao poema, ainda assim viver é uma cosmogonia, a relação entre viver e existir pode se tornar a mesma que existe entre a palavra e a coisa, é possível viver a vida como um poema, desde que o fim seja a busca de uma abertura, para vivermos outras metáforas.

O dom precisa ser vencido, começo e termino com o nazista Heidegger, a questão do ser é colocada pelo poema, na medida em que ele se afasta do senso comum e indica o caminho para o senso de uma alegria que mira o imanente

Um poema PODE SER um deslocamento contínuo DA PRESENÇA até PRESENÇAS, obviamente UM POEMA É O OPOSTO DE UMA METAFÍSICA DA PRESENÇA, nenhuma palavra utilizada no tempo linear pode dar conta deste deslocamento, principalmente nenhuma palavra do século XX este híbrido de movimentos feudais e nazipsíquicos INFILTRADOS na realidade prégravado para a conversão do corpo através dos celulares e o corpo JAMAIS SERÁ UM POEMA como UNIDADE INDIVISÍVEL ou seja como NOSSO, as zonas e circuitos de dissipação-CIDADES criam essa ILUSÃO e MISTIFICAÇÃO, mas ELE pode ser UM POEMA como EXPANSÃO DA ENERGIA para uma sequência infinita E NÔMADE DE METAMORFOSES, se há a indivisibilidade de inúmeras senhas para o movimento similar ao dos drones emocionais, não pode haver o poema, os drones emocionais exigem senhas de pertencimento e NÃO EXISTEM SENHAS PARA O POEMA EXATAMENTE PORQUE ELE É CONTÍNUO, o poema contínuo é A ENERGIA DO ABERTO, capaz de gerar campos de tempos elípticos onde só se movimenta O SER que é ele mesmo uma energia do aberto. OUTRAS TEMPORALIDADES acontecem, mas o poema acontece cada vez mais FORA DA PALAVRA e FORA DA LINGUAGEM, o que tateamos nestas CARCAÇAS PSÍQUICAS é um estilhaço da SEMIPRESENÇA. Uma rosa pegando fogo dentro do gelo e etçetera e etçetera

A doçura do Sol, todos os planetas querem entrar no Sol, cosmoerotismo como o não-lugar, isso é dentro mas lá no espaço, intrigante como a explosão lenta de uma árvore em dez mil anos de ontem, mãos de gelo na chuva, oceanos nômades sem interioridade, isso move as insurreições, em breve

Não trabalho! Acontece e saio da frente, pede que se saia da frente, é o atravessamento para a o fora múltiplo, sem nomes, sem nomes, nem países, encontro e diálogo, estes sóis, estas águas, uma amiga me disse que quando tocamos no pó dos cadáveres que foram cremados, ele não é como a areia, há uma porosidade etérea, há algo que está vivo neste pó, algo que pulsa, como um poema, acordando

Povoamento de abismos, como cancelar o teatrofantasma, com o olhar que é como o pólen, flutuante, ver é ouvir e ouvir é ver.

Nascemos para isso. Ao invés do 'faça-se a luz' da metafísica, o que funda a vida é o 'faça-se o impossível'

Não sinto que seja um jogo o que envolve estas duas forças. Não precisamos ser salvos, mas despertos! Isso se conecta com a ideia do impossível da primeira questão, a alegria é o ato de respirar e ela se infiltra até no ato de cavar uma vala. Existe o surto, a alegria e o quase invisível êxtase, que também se infiltra em tudo, somos sempre invadidos pelos átomos do êxtase, acho, há uma célula que é feliz e pode contaminar todas as outras como um câncer ao contrário. A ternura, até os assassinos possuem ternura. É um estado natural como o sono leve.

Existem tantos saberes quanto existem movimentos corporais e movimentos cósmicos, somos limitados e alguns saberes dependem da linguagem se abrir para nós, por exemplo, o saber da pedra, do outro-outra-Pedra ou gota-de-orvalho ou a simples e inacessível decifração do canto dos pássaros. Imagino e portanto não sei, algo sobre a construção de mundos internos, eles como o nascimento são incêndios ao contrário, insisto nesta palavra e ideia de coisas que são pura oposição e delas é que parecem emanar 'os tijolos 'dos tais mundos internos.

Para mim só é possível distinguir o que foi um dia quando ele acaba, apesar da presunção mítica e superior a todas as religiões do 'Bom dia' que se dissolve diante do Não-tempo que é a quintessência do viver, os zenistas falam em 'não-mente' também e sinto que são coisas muito próximas.
Não há nenhuma oposição entre ser e existir, como podemos sentir observando os movimentos de um raio de Sol na água.
Isso é banalíssimo, bom mesmo é quando a matéria é capaz de mover o pensamento até o despensamento.
Eros é um atributo da natureza imanente, a questão é saber com o corpo o quanto de imanência ele pode suportar, antes de se dissolver no que há.
Não sei, a palavra fim, é mais misteriosa de todas, tampouco tenho ideia do que significa 'sem fim' ou 'infinito', se sóis e galáxias morrem.
O mistério não é uma pessoa, mas todo o resto é, o que equivale a dizer que essencialmente aquilo que odiamos é amável? Uma parte de nós desconhece substancialmente a vida e a observa de um ponto quase neutro e a outra apenas vive.

A Rosa é sem porque, floresce por florir, diz um aforismo do gênio chamado Ângelus Silesius. Basta trocarmos Rosas por Risos; estabelecermos vínculos éticos entre a rosa e o riso.

COMO A POESIA VENCE O FASCISMO

Parte 1

O fogo dentro do iceberg ou das possibilidades insurrecionais do poema

"Millions of spiritual creatures walk the earth unseen, both when we sleep and when we awake."
John Milton

Porque o poema deseja a ruptura

Apenas evitando sempre os diversos sistemas de mistificação da atividade poética, tão comuns, poderemos nos debruçar sobre a experiência do pensamento na trajetória dos poemas, seguindo na contramão das abordagens do senso comum, que *se ocupa mais da biografia dos poetas do que do pensamento dos poemas*. Ao invés disso, seria uma imensa saúde investigarmos quais seriam as proposições de estratégias insurrecionais por trás do pensamento de alguns poemas emblemáticos, levando em conta que os poemas e, em alguns casos, também os poetas, operam em uma topologia estrangeira, às vezes a anos luz do senso comum e do sistema do poder literário, que, de formas variadas, sempre se esforçam para atualizar uma certa segregação das poéticas. Principalmente das que são parte da longa tradição de exceção, diferença, tensão e estranhamento diante do sistema literário ou de qualquer outro. O sistema, seguindo uma demanda absurda e explicável do senso comum, volta-se para as biografias em detrimento de profundas e democráticas investigações do pensamento dos poemas, não por uma anemia intelectual ou insuficiência derivada da falta de capacidade de compreensão daquilo que os poemas realmente querem dizer, mas por uma deliberada e insistente política de anulação da força de crise que é o centro de quase todas as grandes poéticas. A cultura e principalmente a cultura poética existem para converter em crise a existência, porque em sua gênese estão as fendas trincadas do real construído pelo mesmo senso comum que é um dos pais do eficiente sistema do poder literário, parte essencial da manutenção do conjunto e dos setores da produção *do livro*. Há, e todos nós sabemos disso, uma nada sutil separação entre os processos do escritor e do poeta, unidos por algumas ressonâncias, mas separados por uma espécie de subsistema de castas culturais que coloca o poeta em um plano inferior dentro do mercado literário, embora ele atue num plano central dentro do sistema de criação de sentidos para a língua, ou seja, no plano ontológico é o poeta quem sustenta e cura a língua e, num plano mercadológico, é o escritor de prosa quem sustenta e revitaliza o mercado literário. Isso pode ser comprovado com uma simples visita a uma livraria de qualquer grande cidade. É claro que existe e sempre existiu a produção em série de imitações de poesia com fins de ocupar de modo cínico demandas pseudo-terapêuticas criadas pelo senso comum e pela enorme distribuição sistêmica de insatisfação, que é o principal vetor da vida hoje.

Não há mapas para atravessar abismos

O mercado de autoajuda, com seu elogio da funcionalidade e eficiência terapêuticas, conecta-se de modo direto com uma ética da eficiência e imperceptivelmente imita e até deturpa os procedimentos da filosofia de autoinvestigação cunhada por Montaigne, Proust e Amiel, manifestando-se como um plágio desses procedimentos que são, de certo modo, tensionados pela chamada literatura de autoficção, ambas camaleonicamente capazes de se disfarçar de qualquer gênero e, podemos dizer também, *contaminadas tanto pelo métodos da filosofia de autonvestigação, cuja dobra resvala na instauração das crises poemáticas do autoconhecimento quanto de processos narcísicos e esquemáticos que se desdobram em um fenômeno de maquiagem e desvitalização das linhas de força dos métodos da filosofia de autoinvestigação tornada poemática por Montaigne, Proust e Amiel, que, ao ser diluída por essas formas de formas da cultura da eficiência terapêutica, acaba contrariando suas próprias fontes históricas produtoras de crise, ruptura e caos, e compactua com a indústria da insatisfação, geradora de catarses pré-fabricadas, e ao mesmo tempo a oxigena ao estabelecer uma paisagem de referências que, com sorte e talvez por acaso, podem até servir de atalho para uma dimensão cênico-gnosiológica.*

É também mais do que óbvio que os poemas em prosa são também segregados para zonas de obscurantismo, porque instauram uma dupla crise da infestação de várias espécies alienígenas nas monoculturas dos gêneros com seus nada raros elogios do hibridismo como parte da disseminação da crise. Precisamos sair do óbvio, que aqui é a crucificação sem ressurreição dos poemas no lixão de uma fraca metafísica binária onde se alimentam a maioria dos leitores magnetizados por uma funcionalidade eficiente para a literatura, sair desse lugar asfaltado pela desvitalização para um zona inédita: a zona do pensamento insurrecional dos poemas, onde eles realmente nascem ou estão em estado de possíveis sementes de pensamentos inclusivos revitalizantes e de práticas insurrecionais de despensamento e novas negociações com o mundo no sentido da criação de uma outra ortografia topológica do ser – que é justamente a ortografia poemática de uma insurreição contra os léxicos e gramáticas do poder que inclui uma insurreição contra todos os governos que as sustentam. Essa outra ortografia poemática foi anunciada pelo *africanzado negro* Rimbaud quando ele menciona a necessidade de um desregramento dos sentidos. Uma insurreição fenomenológica que retire nosso corpo das regras que esquadrinham nossos modos de vida ao condicionarem nossos cinco sentidos a um pensamento binário, a uma metafísica da pureza, e a pureza, como sabemos, é uma alteridade doente que não se relaciona com nada a não ser consigo mesma. Sabemos através de um desregramento interno de nossos sentidos, que há um gelo em volta do nosso rosto, em volta da nossa interioridade que precisamos derreter com o fogo de nossas pulsões de vida.

Anti-conclusão radical

Glauber Rocha problematizou a questão de uma certa convergência adiada pela contradição implícita dentro da tradição poética que confronta sua práxis com a práxis política, na nietzschiana frase de seu filme Terra em Transe: "Poesia e política são demais para um homem só". A frase, se lida dentro de uma chave reducionista e fracassomaníaca, esconde seu principal enunciado: a evocação de uma comunidade capaz de realizar essa convergência que, de modo radical, foi anunciada pela iconização poemática de Marielle Franco que, em sua tese e em sua vida, esboçou a equação insurrecional: favela=polinização de uma corajosa política poética. Lamentamos que isso tenha passado despercebido nos primórdios de sua trajetória por causa do embaçamento provocado pela burocracia partidária que, em suas dobras, esconde pactos de conciliação tanto com as formas conservadoras e coloniais quanto com a cultura da eficiência. Concluímos que sua morte é o elemento central de uma ortografia ética que é, por sua vez, a gênese da convergência poemática entre poesia e política, convergência que vivemos hoje como a metáfora de uma insurreição inadiável que irá cobrir todos os campos do humano. O problema será demarcar estes campos cada vez mais devastados pela linguagem binária que leva a uma militarização das formas de pensamento, sintoma apontado séculos atrás por Baudelaire ao fazer uma crítica do uso da palavra vanguarda pelos movimentos artísticos de sua época.

"Precisamos voltar até a fábrica de inconscientes e lá encontrar os moldes de nosso inconsciente colonial e destruí-los, após isso, poderemos criar um novo inconsciente, a partir de um novo molde "

Suely Rolnik

Da necessidade de destruir as matrizes do inconsciente colonial

Concordo plenamente com dois dos gênios femininos de nosso tempo: GRADA KILOMBA e SUELY ROLNIK e farei a seguir um entrelaçamento de teses defendidas por elas, de onde poderemos retirar força para a criação de ações insurrecionais. Grada em sua fala-emanação na FLIP 2019 chamou a atenção para o fato das forças coloniais de opressão e segregação que compõe as bases do racismo estrutural usarem como vetor e força de expansão um léxico que ao ser naturalizado se converte em imantador dos comportamentos de extrema violência dos racismos e que precisamos destruir as bases naturalizantes dos racismos nas expressões da nossa língua usada cotidianamente. Essa é a tese que funciona como um vetor de ***Memories of plantation***, livro lançado no Brasil na ocasião. Suely Rolnik em seu livro ***Esferas da insurreição***, evoca outra tese, que a meu ver complementa esta de modo criando um poderoso conceito que pode funcionar como uma máquina de guerra ontológica, o de que necessitamos retornar ao nosso léxico contaminado por diversas palavras sem alma a partir do reconhecimento de que temos em nossa garganta, um ninho-nó de palavras, ela chega até estes enunciados ao se deixar imantar pela língua tupyguarany e dela colhe estas ideias para através delas chegar a algo maior que é a noção topológica da língua como *caminho para a transmutação de energias que moldam nosso inconsciente*. Tanto Grada, quanto Suely se referem as mesmas matrizes léxico-subjetivas que depois se tornam estratificações comportamentais coloniais tanto do oprimido quanto do opressor. O poema acontece em uma zona repleta de atalhos que dão acesso até nosso ninho de palavras, na árvore da linguagem que fica nas margem esquerda do rio que se situa ao lado da fábrica de inconscientes.

Proposição fílmica para um Devir-Cangaço

A coisa que mais gostei no filme BACURAU para além das várias camadas de leitura possíveis foi a retomada / atualização do que podemos chamar de um devir cangaço como componente insurrecional do povo brasileiro, em especial do sertanejo nordestino. Kléber Mendonça Filho e Juliano Dornelles (re) visitam a fábrica do nosso inconsciente colonial por um outro ângulo. Outra coisa foi a montagem convergente que o filme faz de outras cinematografias de margem, como as de John Carpenter, Candeias, Glauber (citado pela trilha sonora), Sergio Leone e Pontecorvo. Alguém pode falar também em Quentin Tarantino, sim, mas Kleber e Juliano vão um pouco mais longe ao retirar do filme o centralismo personalizado no herói singular e solitário e fazer um elogio da força da ação direta comunitária não apenas como uma metáfora da democracia mas como uma possibilidade de convergência de práticas que são uma osmose entre a guerrilha psíquica e o controle social que se realiza como um feixe violento e furioso de ações comunitárias onde um povoado se converte em surpreendente força contrária que responde de modo efetivo às nossas atuais necessidades de ação e não de esperança.

Um aforismo comentado

O Sol e a Flor derivam de explosões, o mesmo se dá com os povos.

O nascimento de um povo é uma coreografia urbanística que tem como vetor a continuidade, a criação de vazios e lugares de escuta coletiva e da formação de comunidades dotadas de autonomia capazes de deliberar por si mesmas sobre a vida nas cidades, através de um processo que é em tudo semelhante ao da criação de um poema que só pode ser vivido e não apenas lido

Onde?

Na dimensão do entre é onde se dão os encontros dos corpos de todas as coisas com o humano delas, corpo-lugar que recebe o sussurro-canto-reza da palavra e do silêncio, entrecorpos da visitação das vozes do visível e do invisível que entram em estado de transe metáfora no corpomundo onde noções como dentro e fora são ilusórias e insuficientes, tudo começa e termina no transe do corpo, como disse Artaud 'no corpo do corpo do corpo', o entre é o entre do corpo, o entre dos diálogos e entre da amizade das coisas pelas coisas. Por isso é importante se abrir para a desnomeação, desterritorialização do corpo como ente transcedental, para o estudo dos processos de imanência. Para o diálogo em todas as suas formas como relembramento de vivências e experiências de alteridade radical e como cartografia para além das categorias, para a phala do corpo, a pulsação do corpo, este índio da tribo do sopro das energias. Os poetas estão no mundo como índios, como loucos que são índios psíquicos, como crianças que são a materialidade ontológica da dimensão do entre, crianças estão entre o onírico e o sagrado, entre o animal e o anjo, entre o éden e a árvore no meio da névoa-nada. Podemos que as subjetividades ocidentais não servem mais para o poema. Que Artaud é o Moisés e o corpo e a montanha, a estrela e o céu são a mesma coisa. Que a única fronteira que ficará intacta será a fronteira do estranhamento, fundada pelo poema, a fronteira entre as limitações da língua e as descobertas da linguagem que avança para o sonho, para o indefinível, para o inominável, que avança para o mundo. Aquilo que Clarice Lispector quis dizer com 'A descoberta do mundo' é o que está prestes a acontecer, não o fim, nem o começo, a descoberta. Agora uma epígrafe fora do lugar, um fragmento de Rimbaud, da iluminações recriado por mim, do poema 'Com vinte anos'

As vozes que ensinam todas exiladas... A ingenuidade física, material guardada com uma amargura, uma angústia contida, pausada... Agora o Adágio, Ah, o egoísmo infinito dessa adolescência, o otimismo pesquisador: como era repleto de flores o mundo naquele verão! Formas e espirais no ar... um verdadeiro coro, para acalmar a impotência e a ausência! Um coro de melodias obscuras como vidros... O fato é que os nervos estão expostos!

Num território sem lugar, um Atopos que a partir da nossa interioridade cancela as fronteiras entre o mundo e nosso corpo, onde flores são como um coro de tragédia grega e como nervos ao mesmo tempo, em que as coisas são mediadas por uma transparência obscura como o vidro que pode muito bem ser a noção de Alma, que tudo indica não ser algo individual, somos todos uma Alma separada em milhões de formas que se movem em espirais em direção ao fim do tempo cronológico, é este território que iremos ocupar com nossa hiperpresença, porque não concebo os mortos como ausentes, os mortos entram em um estado de hiperpresença, estão muito mais aqui do que nós podemos conceber, nós de um modo misterioso somos as luzes que os mortos acenderam e nossa presença se justifica através da nossa capacidade de criar outros modos de viver a vida em outro tempo que não seja o cronológico e em outro sistema que não seja o capitalístico. A hiperpresença dos mortos de Canudos, dos mortos do Carandiru, dos indígenas e pretos assassinados, nós somos as luzes autopoéticas acesas por elas. Nós somos a insurreição.

pólen soft 80 gr/m2
tipologia adobe devanagari
impresso no outono de 2020